EUREKA

유레카

유레카

발행일 2022년 1월 24일 초판 1쇄
2022년 9월 2일 초판 2쇄
지은이 에드거 앨런 포
옮긴이 노승영
기획 김현우
편집 서대경
디자인 남수빈

펴낸곳 읻다
등록 제300-2015-43호. 2015년 3월 11일
주소 (04035) 서울시 마포구 양화로11길 64 401호
전화 02-6494-2001
팩스 0303-3442-0305
홈페이지 itta.co.kr
이메일 itta@itta.co.kr

ISBN 979-11-89433-48-2 (04800)
ISBN 979-11-89433-47-5 (세트)

책값은 뒤표지에 있습니다.
잘못된 책은 구입하신 서점에서 바꿔 드립니다.

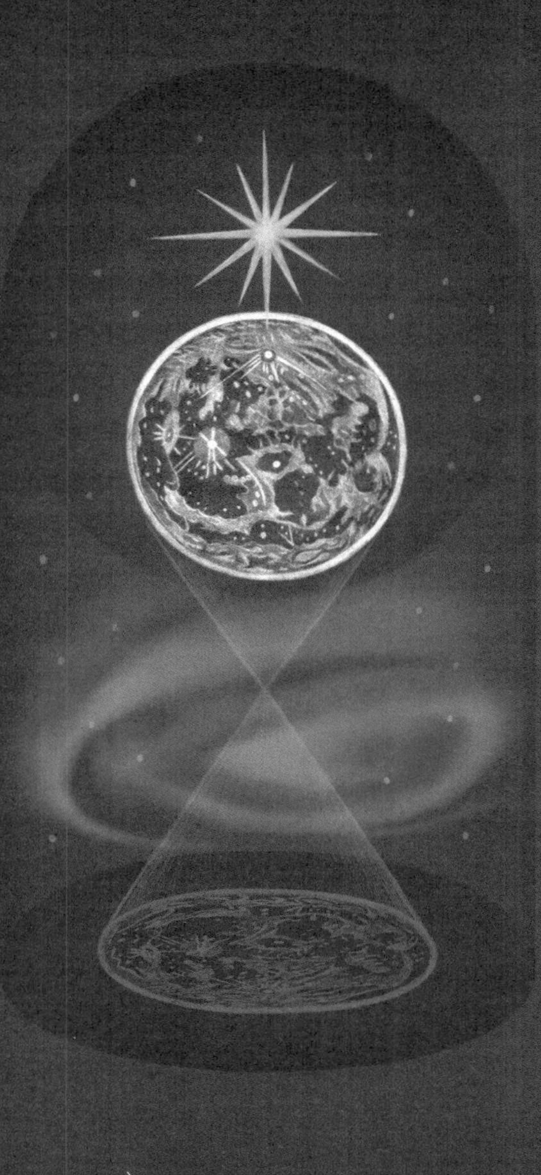

EUREKA

유레카

Edgar Allan Poe

에드거 앨런 포 지음　노승영 옮김

일러두기

1. 이 책은 Edgar Allan Poe, *Eureka*(1848)를 우리말로 옮긴 것이다. 대본으로는 Alma Books ltd.(2018)의 판본을 참조했다.
2. 본문의 주는 별도로 표시한 것을 제외하면 모두 옮긴이의 것이다.

심심한 존경심을 담아

알렉산더 폰 훔볼트에게 이 작품을 헌정합니다.

머리말

나를 사랑하고 내가 사랑하는 소수의 사람들에게 — 생각하는 사람들보다는 느끼는 사람들에게 — 꿈꾸는 사람들과 유일한 현실을 믿는 만큼이나 꿈을 믿는 사람들에게 — 단지 진리를 말하기 위해서가 아니라, 진리로 충만하여 이 책을 참되게 하는 아름다움을 위하여 이 '진리의 책'을 내놓는다. 이 사람들에게 나는 이 글을 오로지 예술 작품으로서 바치는 바다 — 로맨스라고 말해도 좋겠고, 내가 너무 오만한 주장을 하는 게 아니라면, 시라고 말해도 좋겠다.

내가 여기서 제기하는 주장은 참된 것이다. 따라서 죽을 수 없으며 — 설령 짓밟혀 죽더라도, "부활하여 영생을 누릴" 것이다.

그럼에도 나의 사후에 이 작품이 오로지 시로서 평가되길 바란다.

E. A. P.

물질적이면서 정신적인 우주에 대한 소론

이 글의 첫 문장을 적으면서 실로 겸허한 마음이 — 심지어 경외감이 — 드는 것은, 상상할 수 있는 모든 주제 중에서 가장 진지하고 — 가장 포괄적이고 — 가장 까다롭고 — 가장 장엄한 주제를 들고 독자에게 다가갈 참이기 때문이다.

나의 주제를 천명하기에 걸맞을 만큼 충분히 숭고하면서도 단순하고 — 충분히 단순하면서도 숭고한 — 어휘로는 무엇이 있을까?

나는 **물질적이면서 정신적인 우주의 — 물리적, 형이상학적, 수학적 측면에 대해 — 그 본질, 기원, 창조, 현재 상태, 운명에 대해** — 이야기할 작정이다. 게다가 당돌하게도, 가장 위대하고 가장 마땅히 존경받는 많은 사람들의 결론에, 따라서 명석함에 도전할 것이다.

우선 내가 최대한 명확하게 천명하려는 것은 — 입증하고 싶은 정리가 아니라 — 수학자들이 뭐라고 주장하든, 적어도 이 세상에는 입증 **같은 것은 존재하지 않으므로** — 이 책을 통틀어 줄기차게 제시하려 시도할 주요 개념이다.

자, 나의 보편 명제는 다음과 같다 — **태초의 근원적 합일 속에는 만물의 이차적 원인이 필연적 소멸의 싹과 더불어 들어 있다.**

이 개념을 풀이하기 위해, 우주를 어떻게 조망하면 정신이 단일한 인상을 실제로 받아들이고 감지할 수 있는지 살펴볼 것을 제안한다.

에트나산[1] 꼭대기에서 느긋하게 주위를 둘러볼 때 무엇보다 감동적인 것은 풍경의 **규모**와 **다채로움**이다. 그 장엄한 전경全景을 **하나로서** 파악하려면 발뒤꿈치를 축으로 빙글빙글 도는 수밖에 없다.[2] 하지만 에트나산 꼭대기에서 발뒤꿈치를 축 삼아 빙글빙글 돌아야겠다고 생각한 사람은 **아무도** 없으므로, 그 전경의 유일무이한 모습을 고스란히 머릿속에 담은 사람은 아무도 없으며, 따라서, 다시 말하자면, 이 유일무이함에 대해 어떤 고찰을 할 수 있을지라도, 그런 고찰은 아직까지는 인류에게 결코 현실적으로 존재한 적이 없다.

가장 포괄적인 의미이자 유일하게 타당한 의미에서의 **우주**

1 유럽에서 가장 높은 화산으로, 이탈리아 시칠리아섬에 있다.

2 에트나산 꼭대기에는 분화구가 있어서 발뒤꿈치를 축 삼아 빙글빙글 돌 수 없다.

를 조금이라도 조망하는 논고는 내가 알기로 하나도 없는 바 — 여기서 언급해두는 게 좋을 듯하여 말하자면, 이 소론에서 '우주'라는 용어를 수식어 없이 쓸 경우 내가 뜻하는 바는 상상 가능한 최대 범위의 공간과 그 범위 안에 존재한다고 상상할 수 있는 정신적, 물질적 만물이다. '우주'라는 표현이 통상적으로 가리키는 대상에 대해 이야기할 때는 '별우주'라는 한정적 어구를 쓸 것이다 — 이 구분이 왜 필요한지는 뒤에서 설명하겠다. 하지만 언제나 무한하다고 가정되나 실은 유한한 별우주에 대한 논고들에서조차, 그 단일함으로부터 확실한 추론을 이끌어낼 수 있을 정도의 조망이, 이 제한된 우주에 대해서마저도 실시된 적은 내가 알기로 한 번도 없다. 그나마 이에 가장 근접한 접근법은 알렉산더 폰 훔볼트의 《코스모스》에서 찾아볼 수 있지만, 그가 제시하는 주제는 단일성이 아니라 일반성이다. 그의 테마는 최종 결론에서 보듯 단순히 물리적인 우주의 각 부분에 대한 법칙이며, 이 법칙은 이 단순히 물리적인 우주의 나머지 모든 부분에 대한 법칙들과 연관되어 있다. 그의 기획은 단순한 그러모으기에 불과하다. 한마디로 그는 물질적 관계의 보편성을 설명하며, 이 보편성 이면에 지금껏 숨겨져 있던 여하한 추론들을 철학의 눈앞에 드러낸다. 하지만 주제의 각 논점을 명료하게 다루는 그의 솜씨가 아무리 칭찬받을 만할지언정, 이 논점들이 여러 가지라는 이유 하나만으로도 반드시 곁가지가 많이 생길 수밖에 없으며, 따라서 개념이 뒤엉키는 탓에 인상의 **단일성**은 전혀 기대할 수 없다.

내가 보기에 인상의 단일성이라는 효과를, 또한 이를 통해 결과 — 결론 — 주장 — 사변 — 또는 그보다 나을 게 전혀 없다면 그로부터 귀결할지도 모르는 단순한 추측 — 을 얻고자 한다면, 발뒤꿈치를 축 삼아 일종의 정신적 회전을 해야 한다. 시선의 중심점 주위로 모든 것을 빠르게 회전시켜, 곁가지가 모두 사라지고 더 뚜렷한 사물들까지 하나로 뭉뚱그려지도록 해야 한다. 이렇게 조망했을 때 지구상에 존재하는 모든 것은 이러한 사라지는 곁가지에 속한다. 지구는 행성 단위의 관점에서만 고려될 것이다. 이 관점에서 보자면 한 사람은 인류가 되며, 인류는 우주적 지성체 가족의 일원이 된다.

이제 본격적인 주제로 들어가기 전에 꽤 주목할 만한 편지의 한두 대목을 독자에게 소개하고자 하는데, 코르크 마개로 막은 유리병에 들어 있던 이 편지[3]는 **마레 테네브라룸** *Mare Tenebrarum*[4] — 이 바다는 누비아족 지리학자 프톨레마이

3 편지의 내용은 포의 단편 〈멜론타 타오타〉(《타르 박사와 페더 교수 요법》 [시공 에드거 앨런 포 전집 2], 권진아 옮김, 시공사, 2018, 231~250쪽)와 상당 부분 겹친다.

4 '어둠의 바다'라는 뜻으로, 〈소용돌이 속으로의 하강〉(《모르그 가의 살인》 [시공 에드거 앨런 포 전집 1], 권진아 옮김, 시공사, 2019, 192쪽)에도 등장한다.

오스 헤파이스티온에 의해 상세히 묘사된 바 있으나, 현대에 와서는 초월주의자를 비롯하여 별난 것을 좇는 자들 말고는 찾는 이가 거의 없다 — 위를 떠다니다가 발견된 듯하다. 고백하건대 이 편지의 날짜가 내게는 편지의 내용보다 더 놀라운데, 이천팔백사십팔 년에 쓴 것으로 되어 있기 때문이다.[5] 아래에 내가 옮겨 적을 대목에 대해서 따로 설명이 필요하지는 않을 것이라 믿는다.

동시대인에게 쓴 것이 틀림없는 이 편지의 저자는 말한다. "친애하는 벗이여, 그대는 아나요? 진리에 이르는 길이 단 두 갈래밖에 없다는 희한한 공상으로부터 사람들을 해방시켜야겠다고 형이상학자들이 처음 합의한 지 800~900년밖에 안 됐다는 사실 말이에요. 믿기지 않겠지만 정말이에요! 하지만 오래전, 아주 오래전, 암흑시대에, 이름이 아리스이고 성이 토틀인 터키인 철학자가 살았다고 해요." [여기서 편지 저자가 가리키는 인물은 아리스토텔레스인 듯하다. 2,000~3,000년이 흐르면서 위인들의 이름이 형편없이 와전되었다.] "이 위인은 재채기란 지나치게 심오한 사상가들이 머리에 남은 군더더기 생각들을 코를 통해 내보내게 하는 자연적 반응임을 입증하여 명성을 얻었지만, 연역법, 즉 아 프리오리 *a priori* 철학이라고 이름 붙은 것의 창시자, 또는 어쨌거

5 《유레카》가 1848년에 발표되었으니 1,000년 뒤의 편지인 셈이다.

나 주창자로서 얻은 명성도 그에 못지않답니다. 그가 출발점으로 삼은 것은 자신이 공리라고 주장한 것, 즉 자명한 진리였는데 어떤 진리도 자명하지 않다는 것,[6] 오늘에 와서는 상식이 된 이 사실조차도 그의 주장에는 조금도 불리하게 작용하지 않아요. 그의 취지에서는 논의 대상이 되는 진리가 명백하기만 하면 그걸로 충분했죠. 그는 공리에서 출발해 논리적으로, 결론으로 나아갔어요. 그의 제자 중에서 가장 저명한 인물로는 튜클리드[유클리드를 뜻한다]라는 기하학자와 초월주의Transcendentalism의 창시자인 칸트라는 네덜란드인이 있었어요. 초월주의는 단지 K를 C로 바꾼 채 그의 특이한 이름을 간직하고 있어요.[7]

"그런데, 아리스 토틀이 승승장구하던 어느 날 '에트릭의 양치기'라는 성을 쓰는 호그라는 자가 등장하여 전혀 다른 논리 체계를 설파했는데, 그는 자신의 논리 체계를 **아 포스테리오리***a posteriori*, 즉 **귀납**법이라고 불렀어요. 그의 방식은 감각만을 잣대로 삼았어요. 그는 사실들 — 그들이 거들먹거리면서 **인스탄티아이 나투라이***instantiæ naturæ*(자연의 사례들)라고 부른 것 — 을 관찰하고 분석하고 분류하여 일반 법칙들로 추리는 방식을 썼어요. 한마디로 아리스의 방식은 **누메논**

6 미국 독립선언문의 "우리는 다음과 같은 것들을 자명한 진리로 믿는 바"에 빗댄 표현.

7 'cant'는 '현학衒學'을 뜻한다.

noumenon(실체)에 기초한 반면에 호그의 방식은 **파이노메논** *phænomenon*(현상)에 기초했으며, 이 두 번째 체계가 어찌나 찬탄을 자아냈던지 이 체계가 소개되자마자 아리스의 평판은 땅에 떨어졌어요. 하지만 결국엔 자신의 입지를 회복하여 철학의 제국을 후대의 적수와 나눠 가질 수 있게 되었죠—이 석학들은 과거, 현재, 미래의 **나머지** 모든 경쟁자들을 거리낌 없이 배척했으며, 아리스토텔레스적인 길과 베이컨적인 길이 앎에 이르는 유일하게 가능한 길이며 마땅히 그래야 한다는 취지로 '메대의 법률'[8]을 반포하여 이 주제에 대한 모든 논쟁을 종식했답니다." 편지 저자는 여기서 이렇게 덧붙인다. "친애하는 벗이여, 알다시피 '베이컨적이다'는 '호그롭다'의 동의어인 형용사 신조어로, 더 품위 있으면서도 듣기 좋지요."[9]

편지는 다음과 같이 계속된다. "진실로 장담컨대, 나는 이 문제들을 공정하게 기술하고 있어요. 언뜻 보기에도 터무니없어 보이는 제약들이 당시에 참된 과학의 진보를 어떻게 가로막았는지는 당신도 쉽게 이해할 수 있을 거예요. 참된 과학에서 가장 중요한 발전들은—모든 역사에서 보듯—직관적인 것처럼 보이는 **도약**에 의해 이루어지죠. 연역법과 귀납법 같은 고대의 방법들 때문에 탐구는 땅을 기어 다니는 신세가 되었어요. 기어 다니는 동물에게야 온갖

8 성경에 따르면 한 번 정하면 왕도 어길 수 없는 법률로 유명하다.

9 영어 'hog'는 '돼지'를 뜻한다.

이동 방식 중에서 기어 다니는 것이 으뜸이겠지만 — 거북이 네 발로 잘만 긴다고 해서 독수리의 날개를 잘라내야겠어요? 몇백 년간 사람들이 그런 방법들에, 특히 호그에 어찌나 심취했던지 사유라 부를 만한 것은 죄다 사실상 중단되었어요. 오롯이 자신의 영혼에서 비롯한 진리는 그 누구도 감히 입 밖에 내지 못했어요. 진리가 진리로 입증될 수 있는가조차 그들에겐 중요하지 않았어요. 그 시대의 독단적 철학자들은 어느 길을 통해 진리에 이르렀는가 말고는 아무것도 거들떠보지 않았어요. 그 길의 종점은 그들에겐 하등의 중요성도 없었어요 — '수단을 보여달라!' — '우리에게 수단을 보여달라!'라고 그들은 외쳤어요 — 만일 수단을 조사했는데 그것이 호그 범주에도 속하지 않고 아리스(양羊을 뜻해요)[10] 범주에도 속하지 않는 것으로 드러나면, 웬걸, 석학들은 그 자리에 딱 멈춰 그 사상가를 멍청이라고 부르고 그에게 '이론가'라는 낙인을 찍고는 그와 그의 진리를 깡그리 무시했어요."

편지 저자가 계속해서 말한다. "내 말 좀 들어봐요, 친애하는 벗이여. 인류가 땅을 기어 다니는 방법만 고집한다면 아무리 오랜 세월이 지나더라도 인류가 얻을 수 있는 최대한의 진리를 얻으리라 기대할 수 없을 거예요. 상상력의 억압이

10 '아리스Aries'는 라틴어로 양자리를 뜻한다.

라는 악덕이 끼치는 해악은 달팽이걸음의 **절대적** 확실성으로도 만회할 수 없으니까요. 하지만 그들의 확실성은 절대적인 것과는 거리가 멀었죠. 물체를 눈에 가까이 갖다 댈수록 더 뚜렷하게 보일 거라 착각하는 헛똑똑이처럼 우리 선조들도 비슷한 착오를 저질렀어요. 또한 그들은 만져지지 않고 감질나게 하는 스코치 코담배[11]라는 **곁가지**로 자신의 눈을 멀게 했어요. 따라서 호그파가 으스대며 내놓은 사실들이 언제나 사실인 것은 결코 아니었어요 — 언제나 **그렇다고** 그들이 가정하지만 않았다면 굳이 지적할 필요도 없었겠지만요. 하지만 베이컨주의의 결정적 오점 — 가장 개탄스러운 착오의 원천 — 은 감각 능력밖에 없는 자들에게 — 권위와 관심을 부여하려 든다는 것이었어요. 트리톤[12] 손바닥 위의 피라미만 한 올망졸망한 석학들 — 대개 자연과학 분야에서 자질구레한 **사실**을 파내어 파는 자들 — 말이에요. 그들은 그 모든 사실을 도맷값에 넘겼는데, 그 가격이란 궁극적이고 유일하게 타당한 사실인 법칙의 수립에 적용할 수 있는가 없는가가 아니라 단지 그 사실이 **자기네 사실이라는 사실**에 따라 매겨진 것이었죠."

편지는 이렇게 이어진다. "그자들보다 — 호그파 철학에

11 '스코치Scotch'는 담뱃잎을 가공하는 공정인 그슬리기scorching가 와전된 미국식 민간 어원이다.

12 그리스 신화에 나오는 바다의 반신半神.

의해 난데없이 과분한 자리로 — 그리하여 과학의 부엌에서 응접실로 — 창고에서 연단으로 떠받들어진 자들보다 — 이 작자들보다 더 옹졸한 고집불통 독불장군은 땅 위에[13] 단 한 번도 존재하지 않았어요. 그들의 신조, 경전, 설교는 하나같이 '**사실**'이라는 한 단어였으나 — 대개는 이 한 단어의 정확한 의미조차 그들은 알지 못했어요. 누군가가 그들의 사실에 질서를 부여하여 현실에 적용하려고 감히 **훼방**을 놓으면 호그의 제자들은 결코 자비를 베풀지 않았어요. 일반화를 시도할라치면 대뜸 '이론적', '이론', '이론가' 등의 단어를 들이댔으며 — 모든 **생각**은 한마디로 그들을 개인적으로 모욕한 듯 분노를 자아냈어요. 형이상학, 수학, 논리학을 배제한 채 자연과학만 연마한 탓에, 베이컨에게서 태어난 이 철학자들 — 외곬에다 일방통행에다 절름발이 — 의 상당수는 이해할 수 있는 모든 앎의 대상이라는 관점에서 볼 때 자신이 절대적으로 아무것도 모른다는 사실을 인정함으로써 자신이 적어도 무언가를 알고 있음을 입증한 시골뜨기 무지렁이보다 더 처참하게 — 더 비참하게 — 무지했어요.

아 프리오리라는 공리의 길, 즉 램[14]의 길을 맹목적 확신에 빠진 채 추구한 우리 선조들도 **확실성**을 논할 자격이 없기는

13 창세기 6장 1절 인용.

14 영어 'ram'은 양羊을 뜻한다. 여기서는 첫 글자를 대문자로 표기하여 고유명사로 쓰고 있으며, 앞서 등장한 '아리스'를 가리킨다.

마찬가지였어요. 이 길은 양의 뿔보다도 더욱 구불구불했죠. 간단히 말해서, 아리스토텔레스주의자들이 자신의 성을 세운 토대는 공기보다 훨씬 엉성했어요. 그것은 **공리 같은 것이 결코 존재한 적 없고 도무지 존재할 수 없기 때문**이에요. 이것을 간파하지 못한 걸 보면, 낌새조차 채지 못한 걸 보면, 그들은 지독하게 눈멀었던 것이 틀림없어요. 심지어 자신들의 시대에도 자신들이 오랫동안 받아들이던 '공리'의 상당수가 폐기되지 않았던가요 — 이를테면 '무에서는 아무것도 생기지 않는다', '물체가 없는 곳에서는 작용이 일어날 수 없다', '대척지 주민[15]은 있을 수 없다', '어둠은 빛에서 생길 수 없다' 따위가 있지요. 이와 비슷한 무수한 명제들은 예전에는 무턱대고 공리로, 부정할 수 없는 진리로 받아들여졌으나, 그들이 살던 시대에조차 전혀 성립할 수 없는 명제로 치부되었어요 — 이렇듯 가변성이 번번이 드러난 공리를 불변의 토대로 고집하다니 이 얼마나 어처구니없는 일인가요!

"하지만 그들이 자충수로 내놓는 증거만 놓고 보더라도, 이 **아 프리오리** 합리주의자들이 얼마나 지독히도 비합리적인지 비판하는 것 — 그들의 공리公理가 통째로 공리空理임을 밝혀내는 것 — 은 식은 죽 먹기랍니다. 지금 내 앞에는" — 우리가 아직도 편지를 읽고 있음을 유념하라 — "지금 내 앞

15 지구 반대편에서 머리를 아래로 하고 발을 위로 한 채 살아가는 사람.

에는 약 1,000년 전에 인쇄된 책이 놓여 있어요. 이 책은 '논리학'이라는 주제를 다룬 고대의 책 중에서 단연코 가장 탄탄하다는 게 펀딧[16]의 평가예요. 저자는 이름이 밀러라던가 밀이라던가 하는 당대의 저명인사였어요. 짚고 넘어갈 게 하나 있는데, 그는 제러미 벤담이라는 이름의 방앗간 말을 탔다고 전해지지만 — 각설하고 책을 직접 들여다보도록 하자고요!

"아하! 밀 씨는 지당하게도 이렇게 말하고 있어요. '상상할 수 있는가 없는가는 **어떤 경우에도** 공리적 진리의 기준으로 받아들일 수 없다.' 자, 이 말이 분명한 사실임은 지각이 있는 사람이라면 누구도 부정하지 않을 거예요. 저 명제를 받아들이지 **않는** 것은 진리가, 이름부터가 '확고부동'의 동의어인 진리 자체가 바뀔 수 있다고 넌지시 도발하는 격이니까요. 상상할 수 있는가를 진리의 기준으로 간주한다면 **데이비드** 흄에게 진리인 것이 **조**에게도 진리인 경우는 거의 없을 테고, 천상에서는 부정할 수 없는 참의 99퍼센트가 지상에서는 반박 가능한 거짓일 거예요. 그렇다면 밀 씨의 명제는 이치에 맞아요. 하지만 난 그것을 **공리**로 인정하지 않아요. 이유는 간단해요. 내가 지금 밝히고 있듯 **어떤** 공리도 존재하지 않기 때문이에요. 심지어 밀 씨 본인조차도 트집을 잡지 못할 만큼 확고하게 주장해볼게요. **만일** 공리가 **존재한다면**, 다

16 영어 'pundit'은 '전문가'라는 뜻이지만, 이 책에서는 첫 글자를 대문자로 표기하여 언어유희를 의도한 고유 명사로 쓰고 있다.

음의 명제는 공리로 간주될 자격이 더없이 충분해요—'어떤 공리보다 더 절대적인 공리는 결코 있을 수 없으며—그에 따라 이 명제와 모순되는 모든 명제는 그 자체로 거짓이거나—말하자면 결코 공리가 아니거나—만일 공리로 받아들여진다면, 자신과 선행 명제를 둘 다 한꺼번에 무효화할 수밖에 없다.'

"이제 공리로 제안된 것들 중 아무거나 골라서 제안자 자신의 논리에 따라 검증해볼게요. 우리, 밀 씨에게 최대한 공정을 기하기로 해요. 하찮은 사안을 들먹이진 않을 거예요. 마치 실증적 진리가 더 실증적으로 진리일 수도 있고 덜 실증적으로 진리일 수도 있다는 식으로, 상식적인 공리—그가, 은근슬쩍 말했어도 터무니없기는 마찬가지이지만, 이차적(파생) 범주로 분류하는 것에 대한 공리—를 탐구 대상으로 선택하는 일은 결코 없을 거예요—유클리드에게서 찾아볼 수 있는 것처럼 의문의 여지 없이 의문의 여지가 있는 공리는 결코 선택하지 않겠단 말이에요. 이를테면 두 직선이 공간을 에워쌀 수 없다거나 전체가 자신의 모든 부분보다 크다는 따위의 명제는 언급하지 않겠어요. 모든 것이 논리학자 밀에게 유리하도록 할게요. 그가 의문의 여지가 없는 것의 정점으로—공리적 부정 불가능성의 정수로—간주하는 명제로 직행하죠. 자, 바로 이거예요—'모순되는 두 명제는 동시에 참일 수 없다—즉, 결코 공존할 수 없다.' 여기서 밀 씨가 뜻하는 바는, 이를테면 — 상상할 수 있는 가장 확고한 사례를 제시하자면 — 나무는 나무이거나 나무가 아니거나 둘 중 하나일 수밖에 없다 — 즉, 나무이면서 동시에 나무가 아닐 수는 없다는 거예요 — 이 모두가 그 자체로는 매우 합리적이고 공리로 받아들이기에 손색이 없지만, 몇 쪽 앞의 주장 — 말하자면 — 내가 앞서 받아들인 그의 주장 — 과 대조한다면 — 제안자 자신의 논리에 비추어 검증한다면 — 얘기가 사뭇 달라지죠. 밀 씨는 이렇게 단언해요. '나무는 나무이거나 나무가 아니거나 둘 중 하나여야 한다.' 좋아요, 좋다고요 — 이제 그에게 묻겠어요. 왜냐고 말이에요. 이 간단한 질문에 대한 답은 하나뿐이에요 — 그 누구도 두 번째 답을 내놓진 못할 거예요. 유일한 답은 이거예요 — '그것은 나무가 나무이거나 나무 아닌 다른 어떤 것일 수 있다고 상상하는 것이 불가능하기 때문이다.' 이것이, 다시 말하지만 밀 씨의 유일한 답이에요 — 감히 또 다른 답을 내놓진 못할 거예요 — 그럼에도 그 자신이 밝힌 바에 따르면, 그의 답이 결코 정답이 아님은 분명해요. 상상할 수 있는가 없는가는 어떤 경우에도 공리적 진리의 기준으로 받아들여질 수 없음을 공리로서 받아들이라고, 그가 이미 우리에게 요구하지 않았던가요? 따라서 그의 모든 — 절대적으로 모든 — 논증은 키 없이 바다에 떠 있는 배와 같아요. 나무가 나무인 동시에 나무가 아니라는 것처럼 '상상 불가능성'이 유별나게 큰 경우는 일반 법칙에 대한 예외로 간주할 수 있다고 주장하진 말아요. 그런 허튼소리는, 내 당부하겠는데 입 밖에도 내지 말라고요. 이유는 세 가지예요. 첫째, '불가능성'에는 결코 **정도**가 없으며, 어떤 불가능한 관념도 또 다른 불가능한 관념보다 **더** 유별나게 불가능할 수는 없어요 — 둘째, 밀 씨 본인이 의심할 여지 없이 철저히 숙고한 뒤에, 상상할 수 있는가 없는가를 **어떤 경우에도** 공리적 진리의 기준으로 받아들여서는 안 된다는 자신의 명제를 강조함으로써 모든 예외 가능성을 가장 명백하게, 또한 가장 합리적으로 배제하지 않았던가요 — 셋째, 설령 예외가 인정될 수 있다 하더라도 **이 경우**가 어떻게 예외로 인정될 수 있는가는 별개 문제예요. 천사나 악마라면 **아마도** 나무가 나무이면서 나무가 아닐 수 있다고 상상할 수 있을지도 몰라요. 이 땅의 많은 미치광이나 초월주의자가 **실제로** 그렇게 상상한다는 것 또한 의심할 여지가 없고요." 편지 저자가 계속해서 말한다. "지금 내가 이 옛사람들과 입씨름을 벌이는 것은 그들의 논리가 명백히 천박해서라기보다는 — 전혀 근거 없고 가치 없고 현실성 없는 것이야 분명하지만요 — 비좁고 꼬불꼬불한 두 갈래 길 — 하나는 느릿느릿 기는 길이고 다른 하나는 엉금엉금 기는 길이에요 — 말고는 진리에 이르는 **나머지** 모든 길을 오만하고 맹목적으로 금지한 채 영혼을 — '**길**'을 전혀 개의치 않으며 한계 지을 수 없는 직관의 영역으로 솟구치고만 싶어 하는 영혼을 — 무지하고도 괴팍하게 그 길에 가두는 만용을 부렸기 때문이에요.

"말이 나왔으니 말인데, 친애하는 벗이여, 저 석학들이 진리에 이르는 길에 대해 끝없이 나불거렸음에도 우리가 현재 뚜렷이 알고 있듯 모든 길 중에서 가장 넓고 가장 곧고 가장 접근하기 쉬운 길에 — 대로大路에 — 정합성의 웅장한 고속도로에 — 그들 중 누구 하나, 심지어 우연히라도 들어서지 못했다는 사실이야말로 저 옹고집들이 자신들의 호그들과 램들에 의해 정신적 노예 상태에 빠졌다는 증거 아니겠어요? 하느님께서 이루신 일을 보고도 **완벽한 정합성은 오직 절대적 진리일 수밖에 없다**는 결정적으로 중요한 판단을 그들이 도출하지 못했다니 놀랍지 않나요? 훗날 이 명제가 천명된 뒤로 우리는 얼마나 확실하게 — 빠르게 — 발전했던가요! 정합성이라는 수단에 의해, 탐구는 비로소 두더지의 손에서 압수되어 참된 — **유일하게** 참된 — 사상가들에게 — 강렬한 상상력을 소유한 교양인들에게 — 과제라기보다는 의무로서 부여되었어요. 이 후자의 부류는 — 우리의 케플러들은 — 우리의 라플라스들은 — '사변'하고 — '이론화'해요 — 진짜 이런 용어가 쓰였답니다 — 우리 선조들이 내 어깨 너머로 이 글을 보게 된다면 이들에게 어떤 경멸의 외침을 내뱉을지 능히 상상되지 않나요? 거듭 말하지만 케플러들은 사변하고 — 이론화해요 — 그들의 이론에서는 정합성 없는 쭉정이가 조금씩 조금씩 바로잡히고 — 줄어들고 — 걸러지고 — 청

소되어, 그러다 마침내 천의무봉의 **정합성**이 — 가장 지독한 고집불통조차 절대적이고 의문의 여지없는 **진리**로 인정하는 — 그게 **사실**이니까요 — 정합성이 뚜렷이 드러나죠.

"친애하는 벗이여, 나는 종종 이런 생각을 했는데, 1,000년 전 독단가들은 자신들이 으스대며 제시한 두 갈래 길 중에서 어느 길을 통해 암호학자가 더 복잡한 암호를 풀어냈는지를 놓고 — 어느 길을 통해 샹폴리옹이 이집트의 음성학적 상형 문자들 속에 수 세기 동안 파묻혀 있던 중요하고도 헤아릴 수 없는 진리로 인류를 인도했는지를 놓고 — 골머리를 썩였음이 틀림 없어요. 특히 그들의 **모든** 진리 가운데 가장 중대하고 숭고한 진리, 유일무이한 진리인 — **중력 작용**이라는 사실이 그들의 두 갈래 길 중 어느 쪽 길을 통해 도달되는지 판단하는 문제는 이 고집불통들에게 꽤나 골칫거리 아니었겠어요? 뉴턴이 중력 작용을 추론한 근거는 케플러 법칙이었어요. 케플러는 이 법칙을 자신이 **추측**했다고 털어놓았어요 — 영국에서 가장 위대한 천문학자인 뉴턴은 이 법칙을 탐구함으로써 그 원리를, 모든 (기존) 물리학 원리의 토대를, 형이상학의 안개 자욱한 왕국에 단번에 들어가는 관문을 찾아낸 거예요. 그래요! — 이 중대한 법칙을 케플러는 **추측**했어요 — 말하자면 **상상**했다는 거죠. **연역**법과 **귀납**법 중에서 어느 경로로 그 법칙을 도출했느냐고 누군가 그에게 물었다면, 그는 이렇게 대답했을 거예요 — '저는 **경로**에 대해서는 아무것도 모릅니다만—우주의 작동 방식에 대해서는 분명히 압니다. 여기 엄연히 존재하니까요. 저는 그것을 제 영혼으로 포착했습니다—오로지 직관의 힘으로 그곳에 도달한 겁니다.' 불쌍해라, 가련하고 무지한 노인 같으니! 그가 '직관'이라고 부른 것이 실은 연역법이나 귀납법으로부터 도출된 확신과 다름없으며 그 과정이 모호해서 자신의 의식을 벗어나거나 이성을 에두르거나 표현력에 저항한 것일 뿐이라고 그에게 말해줄 형이상학자가 하나도 없었단 말인가요? '도덕 철학자'를 자처하는 사람들 중에서 누구 하나 이 모든 일에 대해 그를 계몽하지 않았다니 얼마나 유감스러운 일인가요! 자신이 직관에 기대어 엉터리 추론을 한 것이 아니라, 실은 우주에 대한 불후의 귀중한 비밀이—아무도 돌보는 사람 없이, 그때껏 필멸자의 손에 닿지 않고—필멸자의 눈에 보이지 않은 채—반짝거리며 놓여 있는 드넓은 방에, 품위 있고 정당하게—말하자면 호그롭게, 아니면 적어도 램스럽게—자신이 들어섰음을 임종의 자리에서라도 알았다면 그에게 얼마나 위안이 되었겠어요!

"물론 케플러는 본질적으로 이론가였어요. 하지만 이 명칭은, 지금이야 대단한 존칭이지만 그 옛날에는 지독한 멸칭이었어요. 지금에서야 사람들은 그 거룩한 노인의 진가를 알아보기 시작했고—영영 기억될 그의 말에 담긴 예언자적이고 시적인 랩소디에 공감하기 시작했답니다." 이름 모를 저자가 계속해서 말한다. "나로 말할 것 같으면, 케플러의 말을 생각만 해도 내 속에선 거룩한 불이 타오르며, 그의 말을 생각하고 또 생각해도 결코 지겹지 않을 것처럼 느껴져요 — 편지를 마무리하는 마당에, 나로 하여금 다시 한번 그의 말을 베껴 적는 참된 쾌감을 누리게 해주세요 — '나는 나의 연구 결과가 지금 읽히든 후세에게 읽히든 개의치 않는다. 하느님께서 한 명의 관찰자가 나타나길 6,000년 동안 기다리셨듯, 나도 독자들이 나타나길 100년 동안 기다릴 수 있다. 나는 승리자다. 나는 이집트인의 황금 비밀을 훔쳤다. 나는 거룩한 흥분을 만끽할 것이다.'"

알쏭달쏭하고 다소 뜬금없는 이 편지를 인용하는 것은 여기까지만 하겠다. 또한 저자의 — 그가 누구이든 — 혁명적이라고까지 말할 순 없지만 — 허무맹랑한 — 환상에 대해 — 우리 시대에 충분히 고찰되고 확립된 견해와 이토록 극단적으로 배치되는 환상에 대해 — 어떤 견지에서든 논평하는 것은 바보짓일 것이다. 그렇다면 우리의 정당한 논제인 **우주**로 넘어가자.

이 논제에서 우리가 선택할 수 있는 논의 방식은 두 가지인데 — 그것은 **올라**갈 것이냐, **내려**갈 것이냐다. 우리는 자신의 시점에서 — 우리가 서 있는 지구에서 — 출발하여 우리 태양계의 다른 행성들로 갔다가 — 거기서 태양으로 갔다가 — 거기서 뭉뚱그려 우리 태양계로 간주할 수 있는 계로 갔다가 — 거기서 다른 계들을 통과하여 무한히 밖으로 나갈 수도 있고, 아니면 우리가 관찰할 수 있거나 상상할 수 있을 만큼 확실한 어떤 높은 지점에서 출발하여 인간의 거주지로 내려올 수도 있다. 대개는 — 말하자면 일반적인 천문학 논문에서는 — 이 두 방식 중 첫 번째를, 모종의 전제 조건을 달아서 채택하는데 — 이는 단순히 천문학적 사실과 원리가 목표라면, 가까이 있기에 우리가 알고 있는 지점에서 출발하여 모든 확실성이 아득히 사라지는 지점을 향해 점차 나아가는 것이야말로 그 목표를 달성하는 최선의 방법이라는 명백한 이유에서다. 하지만 단일한 우주라는 명료한 관념을, 마치 멀리서 한눈에 보듯 정신으로 하여금 받아들일 수 있게 한다는 나의 현재 목적을 위해서는 — 큰 것에서 작은 것으로 — 중심에서(만일 우리가 중심을 확정할 수 있다면) 주변으로 — 처음에서(만일 우리가 처음을 상상할 수 있다면) 끝으로 — 내려가는 것이 필시 바람직한 경로일 것이나, 여기에는 한 가지 문제가 있으니, 이 경로를 채택하면 양量에 — 말하자면 수, 크기, 거리에 — 결부된 고찰을 천문학 비전문가들이 이해할 수 있도록 서술하기가 힘들거나 아예 불가능하다는 것이다.

지금 나의 전반적 기획에서 내가 가장 중요하게 여기는 특징은 명료성 — 즉, 모든 측면에서 이해할 수 있어야 한다는 것 — 이다. 중요한 주제를 논의할 때는, 아주 조금일지언정 모호한 것보다는 사뭇 장황한 편이 낫다. 하지만 난해함이 어떤 주제 **자체**의 특징인 경우는 하나도 없다. 적절하게 구분된 단계를 밟아 접근하기만 한다면 무엇이든 이해 못할 것이 없다. 이 접근법이 통틀어서 볼 때 솔로몬 시소[17] 씨의 소네트만큼 간단하지 않은 것은 미분학에 이르는 우리의 길 여기저기에 디딤돌이 듬성듬성 빠져 있기 때문이다.

그렇다면 오해의 **여지**를 없애기 위해 천문학에서 명백한 사실들조차 독자에겐 생소하다고 가정한 채 논의를 진행하는 것이 바람직할 것이다. 나는 앞에서 언급한 두 가지 논의 방식을 접목하여 각 방식 고유의 장점을 활용하되 — 그중에서도 이 기획의 결과로서 불가피하게 **세부 사항의 반복**을 동원하고자 한다. 나는 하강에서 시작할 것이며, 이미 암시한 바 있는 **양**에 대한 불가결한 고찰은 다시 상승할 때를 위해 아껴둘 것이다.

그렇다면, 우선 가장 소박한 단어인 '무한'부터 시작하자. '하느님'이나 '영혼' 같은 표현은 어느 언어에나 이에 해당하는 대응어가 있는데, 이들과 마찬가지로 '무한' 또한 결코 어떤 개념을 나타내는 것이 아니라 그 개념을 표현하려는 노력을 일컫는다. 즉, 불가능한 관념을 향해 우리가 시도할 수 있는 것을 의미하는 것이다. 인간에게는 이 시도가 향하는 방

17 존 패리시 로버트슨의 소설 《솔로몬 시소》의 등장인물이지만, 그 소설에는 소네트가 나오지 않는다.

향을 — 이 시도의 대상이 영원히 보이지 않도록 가리고 있는 구름을 — 가리키는 용어가 필요했다. 간단히 말하자면, 단어가 필요한 이유는 인간이 다른 인간과 맺는 관계와 더불어 인간 지성의 어떤 성향과 맺는 관계를 나타내기 위해서였다. '무한'이라는 단어는 이 필요로부터 생겨났으므로, 단지 생각에 대한 생각을 나타낼 뿐이다.

지금 고찰하는 그 무한 — 공간의 무한 — 에 대해 사람들은 종종 이렇게 말한다. "정신이 무한 개념을 수용하는 — 묵인하는 — 궁구하는 — 이유는 유한에 대해 생각하는 것이 더 어렵기 때문이다." 하지만 이것은 스스로를 속이는 문구에 불과하다. 심오한 사상가들조차 아득한 옛날 이따금 이런 유혹에서 자유롭지 못했다. 꼼수는 '어려움'이라는 단어에 숨어 있다. 사람들은 말한다. "정신이 무한한 공간이라는 개념에 대해 생각하는 것보다 유한한 공간이라는 개념에 대해 생각하는 것이 더 어렵다." 이제, 이 명제를 공정하게 서술하기만 해도 이 말이 얼마나 터무니없는지 한눈에 보일 것이다. 분명한 사실은 이것이 단지 어려움의 문제가 아니라는 것이다. 앞의 진술을 그 취지에 부합하게 궤변 없이 표현한다면 이렇게 고쳐 쓸 수 있을 것이다 — "정신이 무한한 공간이라는 개념을 받아들이는 것보다 유한한 공간이라는 개념에 대해 생각하는 것이 더 불가능하다."

이것이 첫 번째 진술과 두 번째 진술 중에서 어느 쪽이 더

신빙성이 있는지를 — 또는 첫 번째 논증과 두 번째 논증 중에서 어느 쪽이 더 타당한지를 — 이성으로 판단하는 문제가 아님은 한눈에 알 수 있다 — 여기서 두 관념은 정면으로 대립할 뿐 아니라 둘 다 명백히 불가능하다. 지성이 둘 중 하나에 대해 생각할 수 있다고 간주되는 것은 나머지 하나에 대해 생각할 때의 불가능성이 더 크다는 이유에서다. 우리는 두 어려움 중에서 하나를 선택하는 것이 아니다 — 두 불가능성 중에서 하나를 선택한다고 상상하고 있을 뿐이다. 다시 살펴보자면, 전자(어려움)에 대해서는 정도의 차이가 존재하지만 — 후자(불가능성)에 대해서는 정도의 차이가 결코 존재하지 않는다 — 이것은 우리의 뜬금없는 편지 저자가 이미 주장한 바다.[18] 어떤 과제가 더 어렵거나 덜 어려울 수는 있겠지만, 더 가능하거나 덜 가능할 수는 없다. 가능하거나 가능하지 않거나 둘 중 하나다 — 단계는 전혀 존재하지 않는다. 안데스산맥을 무너뜨리는 것이 개밋둑을 무너뜨리는 것보다 더 어려울 수는 있겠지만, 안데스산맥의 물질을 소멸시키는 것이 개밋둑의 물질을 소멸시키는 것보다 더 불가능할 수는 없다. 인간이 멀리뛰기로 10피트(3미터)를 뛰는 것이 20피트(6미터)를 뛰는 것보다 덜 어려울지는 몰라도, 달까지 뛰는 것은 천랑성(시리우스)까지 뛰는 것에 비해 티끌만큼도 덜

18 "'불가능성'에는 결코 정도가 없으며, 어떤 불가능한 관념도 또 다른 불가능한 관념보다 더 유별나게 불가능할 수는 없어요."

불가능하지 않다.

이 모든 것은 부정할 수 없는 사실이므로, 여기서 정신은 불가능한 두 관념 중 하나를 선택해야 하므로, 한 불가능성이 다른 불가능성보다 클 수 없으므로, 따라서 한 불가능성이 다른 불가능성보다 선호될 수 없으므로, 앞에서 언급한 근거를 들어 무한 개념을 변론하는 것으로 모자라 그런 가설적 개념을 근거로 무한 자체를 변론하는 것은 어떤 불가능한 것에 대해 다른 어떤 것 또한 불가능하다는 이유로 그것이 가능하다고 주장하는 꼴이다. 이것은 허튼소리로 치부될 것이며, 아마도 정말로 허튼소리일 것이다 — 사실 나는 이것이 으뜸가는 허튼소리라고 생각하지만 — 이런 판단에 대한 소유권을 주장할 생각은 없다.

하지만 이 문제에 대한 철학적 논증의 오류를 밝히는 가장 간단한 방법은 그와 관련한 사실 중에서 지금껏 적잖이 간과된 것 — 앞에서 언급한 논증이 자신의 명제를 입증하는 동시에 반증한다는 사실 — 을 지적하는 것이다. 신학자를 비롯한 사람들은 이렇게 말한다. "정신이 제1 원인을 받아들이는 것은 원인 너머의 원인을 끝없이 상상하는 것이 더 어렵기 때문이다." 꼼수는 앞에서와 마찬가지로 '어려움'이라는 단어에 있다 — 하지만 여기서는 이 단어를 가지고 무엇을 변호하려는 걸까? 그것은 바로 제1 원인이다. 그렇다면 제1 원인이란 무엇인가? 바로 원인들의 궁극적 종결이다. 그렇다면 원인들의 궁극적 종결이란 무엇인가? 바로 유한이다. 이렇듯 하나의 궤변이 두 논증에서, 하느님만 아실 만큼 많은 철학자들에 의해 어느 때는 유한을 변호하고, 어느 때는 무한을 변호하는 것이다 — 그렇다면 그 밖의 무언가를 변호하는 데에도 동원될 수 있지 않을까? 꼼수를 부리는 자들로 말할 것 같으면 — 그들은 적어도 변호가 불가능하다. 하지만 — 그들을 확실히 논박하기 위해 말해두자면 — 그들은 첫 번째 사례에서든 두 번째 사례에서든 아무것도 입증하지 못한다.

물론 우리가 '무한'이라는 단어로 표현하고자 하는 무언가가 절대적으로 불가능하다고 내가 여기서 주장한다고 여길 사람은 아무도 없을 것이다. 나의 취지는 일상적으로 쓰이는 서투른 추리를 동원하여 무한 자체나 우리의 무한 개념을 입증하려는 시도가 바보짓임을 보이려는 것일 뿐이다.

그럼에도 나는, 일개인으로서는 "나는 무한을 상상할 수 없다"라고 말해도 무방할 것이며, 어떤 인간도 무한을 상상할 수 없으리라 확신한다. 물론 완전히 자의식적이지 않은 — 자신의 두뇌 활동을 내성적으로 분석하는 데 익숙하지 않은 — 정신은 곧잘 자신이 무한 개념에 대해 실제로 생각한다고 스스로를 속이는 것이 사실이다. 우리는 무한 개념에 대해 생각하려고 노력할 때 한 단계 한 단계 그 너머로 나아간다 — 점 너머에 여전히 점이 있다고 상상하는 것이다. 우리가 이 노력을 **계속하는** 한, 우리는 실은 자신이 염두에 둔 개념의 형성을 **향해 나아가**고 있으며 우리가 그 개념을 실제로 형성한다거나 형성했다는 느낌의 세기는 정신적 노력을 지속하는 기간에 비례한다고 말할 수 있을 것이다. 하지만 우리가 노력을 중단하는 —(자신이 생각하기에) 무한 개념을 성취하는 —(자신이 가정하기에) 무한 개념의 마지막 한 획을 긋는 — 행위는 어떤 궁극적이고 따라서 유한한 점에 안착함으로써 우리의 상상 속 체계를 송두리째 무너뜨리는 꼴이다. 하지만 이 사실을 우리는 알아차리지 못하는데, 그 이유는 우리가 궁극적 점에 안착하는 동시에 생각을 멈춰버리기 때문이다 — 다른 한편으로, **유한한** 공간이라는 개념을 정립하려면 불가능성이 결부된 과정을 거꾸로 돌리기만 하면 된다.

우리는 하느님을 **믿는다.** 유한한 공간이나 무한한 공간은 **믿을** 수도 있고 안 믿을 수도 있지만, 이런 경우에 대한 우리의 믿음은 **소신**으로 규정하는 것이 더 적절하며, 이것은 정신적 관념을 전제하는 본디 믿음과는 — **지적** 믿음과는 — 사뭇 다른 개념이다.

사실, '무한'이 속한 부류 — **생각에 대한 생각**을 일컫는 집합 — 의 용어가 내뱉어질 때, 자신이 **조금이라도** 생각한다고 말할 권리가 있는 사람은 어떤 관념에 대해 궁리해야겠다고 느끼지 **않는다.** 결코 규명되지 않을 성운이 있는, 지적 창공 위의 일정한 점을 향해 정신적 시선을 돌려야겠다고 느낄 뿐이다. 실제로도 그는 규명을 위한 어떤 노력도 하지 않는다. 규명이 불가능하다는 사실뿐 아니라, 모든 인간적 목적과 관련하여 **불필요**하다는 사실을 본능적으로 금세 알아차리기 때문이다. 그는 신이 이런 문제를 규명되도록 **설계**하지 않았음을 직감한다. 그는 그 문제가 인간의 두뇌 **밖**에 있음을 한눈에 간파하며, 심지어 정확히 **왜**인지는 몰라도 **어떻게 해서** 밖에 있는지까지도 안다. '어둡다'와 '깊다'를 동의어로 취급하는 '생각한다는 이유만으로 사상가인 사상가들' 중에는, 달성할 수 없는 것을 달성하려고 부산을 떨면서 자신이 내뱉는 말들을 통해 심오함이라는 일종의 거짓 명성을 얻는 사람들이 **실제로** 있다는 걸 나도 알고 있다. 하지만 가장 훌륭한 '생각'은 자신을 인식하는 것이며, 다소 뭉뚱그려 표현하자면 정신의 안개 중에서 정신적 영역의 바로 그 한계까지 뻗어나가 이런 한계를 이해하는 것조차 가로막는 안개보다 더 지독한 것은 없다고 말해도 무방할 것이다.

이제 내가 '공간의 무한성'이라는 구절을 쓴다고 해서 독자에게 **절대적** 무한이라는 불가능한 관념에 대해 생각하라고 요구하는 것이 아님을 여러분은 똑똑히 알아들었을 것이다. 내가 가리키는 것은 단지 공간의 **'상상 가능한 최대한의 범위'** — 상상의 에너지가 변동하는 데 따라 어떤 때는 수축했다가 어떤 때는 팽창하는, 캄캄하고 들썩이는 영역 — 일 뿐이다.

지금껏 별우주는 언제나, 내가 이 소론 첫머리에서 정의했듯 참우주와 일치하는 것으로 간주되었다. 우리가 공간의 모든 주어진 점을 관측할 수 있다면 사방 어디를 보아도 별들이 끝없이 연속해 있어야 한다는 사실은 언제나 — 적어도 이성적 천문학의 여명기 이후로 — 직간접적으로 추정되었다. 이것은 파스칼의 모순적 발상으로, '우주'라는 단어와 결부된 골치 아픈 관념을 에둘러 표현하려는 시도 중에서 아마도 가장 성공적인 시도였을 것이다. 그가 말한다. "우주는 중심이 어디에나 있고 둘레가 어디에도 없는 구다." 하지만 이 정의는 사실 **결코 별**우주의 정의가 아니지만, 몇 가지 유보적 단서를 달아 **참**우주의 — 말하자면 **공간의** 우주의 — (모든 실용적 목적에 부합할 만큼 엄밀한) 정의로서 받아들일 수 있을 것이다. 그렇다면 이 후자(공간의 우주)를 '**중심이 어디에나 있고 둘레가 어디에도 없는 구**'로 간주하도록 하자. 사실 공간의 끝을 상상하는 것은 불가능하지만 무한한 **처음들** 중 하나를 머릿속에 그리는 것은 전혀 어렵지 않다.

그렇다면 출발점으로는 **신격**神格을 채택하도록 하자. 이 신격 **그 자체**에 대해 무지하지 않은 자는 — 불경하지 않은 자는 — 아무것도 주장하지 않는 자뿐이다. 빌펠트 남작이 말한다. "*Nous ne connaissons rien de la nature ou de l'essence de Dieu: — pour savoir ce qu'il est, il faut être Dieu même.*" — "우리는 하느님의 성격이나 본질에 대해 절대적으로 **아무것**

도 모른다 — 하느님이 어떤 분인지 이해하려면 우리 자신이 하느님이어야 한다."

"**우리 자신이 하느님이어야 한다!**" — 이토록 놀라운 문구가 아직도 귀에 쟁쟁하건만, 나는 우리가 신성에 대해 지금 무지한 것이 과연 영혼이 **영원토록** 무지하도록 저주받았기 때문인지 감히 묻고자 한다.

하지만 **그분** — 적어도 **지금**은 불가해한 분 — 에 의해, 그분에 의해 — 그를 **정신**으로 — 말하자면 **비물질**로 — 가정하자면 — 정신과 물질의 구분은 모든 합리적 목적에 대해 정의定義를 대신하기에 충분할 것인데 — 그렇다면 정신으로서 존재하는 그분에 의해 당신의 결의로써 **창조**되었다고, 또는 무無로부터 만들어졌다고 오늘 밤 가정할 수 있는 것은 — 우리가 중심으로 삼을 공간상의 어떤 점에서 — 우리가 탐구하는 시늉조차 하지 않지만, 어쨌든 어마어마하게 까마득한 어떤 시기에 — 다시 말하지만, 그분에 의해 창조되었다고 가정할 수 있는 것은 — **무엇**일까? 이것은 우리의 고찰에서 극히 중대한 국면이다. 일차적으로 또한 유일하게 **창조**되었다고 가정해도 무방한 것은 — 그렇게 가정해도 무방한 유일한 것은 **무엇**일까?

이제 우리는 **직관**만이 우리를 도울 수 있는 지점에 도달했다 — 하지만 지금은 내가 이미 주장했듯 직관의 개념 중에서 우리가 유일하게 받아들일 수 있는 개념으로 돌아가자.

직관은 단지 연역법이나 귀납법으로부터 도출된 확신으로, 그 과정이 모호해서 우리의 의식을 벗어나거나 우리의 이성을 에두르거나 우리의 표현력에 저항할 뿐이다. 이것이 이해되었다면, 이제 내가 단언하는바 — 도저히 억누를 수 없는, 표현할 수는 없어도 직관이 나를 이끄는 결론은 하느님께서 태초에 창조하신 것이 — 그분이 결의로써 당신의 정신으로부터, 또는 공空으로부터 처음 만드신 것이 다름 아닌 물질일 수밖에 없다는 것이며, 그것에 대해 상상할 수 있는 궁극의 상태는 — 무엇이겠는가? — 단순함의 상태 아니겠는가?

이것은 내 소론의 유일하게 절대적인 가정으로 판명될 것이다. 나는 '가정'이라는 단어를 일상적 의미로 쓰고 있지만, 나의 이 제1 명제조차도 단순한 가정과는 천양지차라고 주장하는 바다. 그 무엇도 이보다 더 확실하게 — 사실 인간이 도출한 그 어떤 결론도 더 정연하게 — 더 엄밀하게 연역되지 않았으나 — 통재라! 그 과정은 인간의 분석 바깥에 — 어쨌거나 인간의 혀로 표현할 수 있는 것 너머에 — 놓여 있다. 하지만 만일 이 소론의 논의 과정에서, 단순성의 극한에서 물질로부터 만물이 구성되었을지도 모른다는 것을 밝히는 데 내가 성공한다면, 우리는 여공餘功[19]을 전능함에 부여하는 불가능한 일을 통해 만물이 구성되었다는 억지 논리를 펴지

19 supererogation. 최초의 창조 행위 이후에 일어나는 지속적 창조 행위.

않고도 동일한 추론에 곧장 도달한다.

이제 물질이 만일 절대적으로 극단적인 **단순함**의 상태에 있다면, 또는 그런 때에 무엇이어야 하는지 상상을 시도해 보자. 여기서 이성은 비입자성으로 — 입자로 — **하나의** 입자로 — **한** 종류의 — **한** 성격의 — **한** 본질의 — **한** 크기의 — **한** 형태의 — 따라서 "**혼돈**하고 공허한"[20] 입자로 — 모든 점에서 실증적으로 입자인 입자 — 절대적으로 독특하고, 개별적이고, 분리되지 않으며, 결의로써 그것을 **창조**한 분께서 똑같은 결의를 무한히 덜 정력적으로 발휘하여 마땅히 분리할 수 있다는 점에서만 불가분이 아닌 입자로 곧장 날아간다.

그렇다면 **하나임**이야말로 태초에 창조된 물질에 대해 내가 기술할 수 있는 전부이지만, 나는 이 **하나임이 적어도 물질적 우주의 구성, 기존의 현상, 명백히 필연적인 소멸을 설명하기에 충분하고도 남는 원리**임을 밝히고자 한다.

의지는 태초의 입자가 되어 창조의 행위를, 더 적절히 표현하자면 창조의 **착상**을 완성했다.[21] 이제 우리가 가정해야 하는바 입자가 창조된 궁극적 목적으로 — 말하자면 우리의 고찰을 통해 **현재의 지식 수준에서** 그것을 — 우주가 그것, 즉

20 창세기 1장 2절.

21 본문 80쪽의 서술 "내가 '**원초적**' 행위라고 말하는 것은, 절대적 물질 입자의 창조를 일상적 의미에서의 '**행위**'라기보다는 **착상**으로 보는 것이 더 적절하기 때문이다"를 참고하라.

입자로부터 어떻게 구성되었는가를 — 알 수 있는 한도 내에서의 궁극적 목적으로 — 나아갈 차례다.

이 구성은 근원적이고 따라서 정상적인 **하나**를 **여럿**이라는 비정상적 조건으로 **억지로** 바꿈으로써 실현되었다. 이런 성격의 작용에는 반작용이 내포된다. 합일로부터의 확산은 이런 조건에서 합일로 돌아가려는 성향 — 충족될 때까지 해소될 수 없는 성향 — 을 지닌다. 하지만 이 점들에 대해서는 차후에 더 소상히 설명하겠다.

태초의 입자에 대한 절대적 합일의 가정에는 무한한 가분성의 가정이 포함된다.[22] 그렇다면 그 입자가 거의 완전히 소진될 정도로 공간에 확산한다고 상상해보자. 그 한 입자를 중심으로, 이전에 비어 있던 공간 속으로, 측량할 순 없지만 그럼에도 한정된 거리까지 — 구상球狀으로 — 사방으로 — 복사하는 — 어떤 이루 말할 수 없이 많으면서도 유한한 개수의, 상상할 수 없이 작으면서도 무한히 작지는 않은 원자들을 가정해보자.

이제 이렇게 확산한, 또는 확산하고 있는 이 원자들에 대해, 그 확산에서 뚜렷이 드러나는 설계의 성격과 더불어 그 근원에 대한 고찰로부터 우리가 추론할 — 가정하는 것이 아니라 — 수 있는 조건은 무엇일까? 그 근원이 **합일**이고 확산

22 [원주] 개정판에서 상술할 것. — 포의 육필 메모.

에서 발현하는 설계의 성격이 합일로부터 생겨난 다름이라면, 이 성격이 설계를 통틀어 적어도 전반적으로 보존되고 설계 자체의 일부를 이룬다고 가정해도 무방할 것이다 — 말하자면 기원의 유일성과 단순성으로부터 모든 측면에서의 지속적 다름이 나타난다고 상상해도 무방할 것이다. 하지만 이런 이유로 원자가 불균질하고 상이하고 불균등하고 부등 거리라고 상상해도 문제가 없을까? 더 명확히 표현하자면 — 우리는 원자 두 개가 확산 중일 때 성질과 형태와 크기가 같은 경우는 하나도 없다고 간주해야 할까? — 또한, 공간 속으로 확산이 완료한 뒤에는 모든 원자에 대해 각각의 원자가 절대적 부등 거리를 이룬다고 이해해야 할까? 그런 배치에서, 그런 조건에서 우리는 내가 제시한 것과 같은 모든 설계 — 합일로부터 다양성이 생겨나고 — 같음으로부터 다름이 생겨나고 — 균질성으로부터 이질성이 생겨나고 — 단순성으로부터 복잡성이 생겨나고 — 한마디로 어떤 관계도 존재하지 않는 하나로부터 가능한 한 최대로 다양한 관계가 생겨나는 설계 — 가 완성되는 그 뒤의 가장 그럴듯한 과정을 가장 쉽고도 즉각적으로 이해할 수 있다. 따라서 첫째, 어떤 거룩한 행위에 대해서도 여공이 일어난다고 추정할 수 없다는 고찰, 둘째, 가정된 목적은 일부 조건이 태초에 누락되더라도 모든 조건이 즉각적으로 존재하는 것으로 이해될 때와 마찬가지로 실현 가능성이 있는 것으로 보인다는 고찰, 이 두 가지를 제외하면 앞에서 언급한 모든 것을 가정해도 무방할 수밖에 없음은 의심할 여지가 없다. 내 말뜻은 몇 가지 조건이 나머지 조건에 결부되어 있거나, 그 결과가 하도 즉각적이어서 차이가 미미하다는 것이다. 크기의 차이는 이를테면 특정한 부등 거리 때문에 한 원자가 두 번째 원자보다는 세 번째 원자 쪽으로 이동하는 성향을 통해 단번에 생겨날 것이고, 형태가 다른 이웃 원자들에서 양적 중심들 사이의 특정 부등 거리로 이해해야 하며—이 문제는 원자들이 전체적으로 균등하게 분포한다는 사실과 전혀 모순되지 않는다. 종류의 차이 또한 크기와 형태의 차이로 인한, 두 가지가 다소 어우러진 결과에 지나지 않는다고 상정하면 간단하다—사실 참입자의 합일은 절대적 균질성을 내포하기 때문에, 원자들이 확산하는 동안 종류가 다르다고 상상하려면 그와 동시에 각 원자가 방출될 때 각 원자의 본질적 성격에 변화를 일으키려는 목적으로 거룩한 의지가 특별히 발휘된다고 상상해야만 하는데—제시된 목표는 그런 섬세하고 정교한 조정 없이도 완전히 달성할 수 있기에, 그런 공상적인 발상은 받아들이기 힘들다. 따라서 전반적으로 볼 때, 원자를 그 목적의 관점에서 분산 시점의 형태의 차이와 그에 따르는 저마다의 부등 거리 이상의 것으로 서술하는 것은 잉여적이고 따라서 철학적이지 않음을 알 수 있다—나머지 모든 차이는 이것으로부터, 덩어리가 만들어지는 최초의 과정들에서 단번에 생겨난다—이렇듯 우리는 우주를 순전히 기하학적 토대 위에 확립한다. 물론 복사하는 모든 원자 가운데서는, 심지어 형태에 대해서도 절대적 차이를 가정할 필요가 전혀 없으며 — 각 원자 사이에 절대적인 특정한 부등 거리를 가정할 필요도 없다. 우리가 상상해야 하는 것은 다만 이웃한 원자들 중에서 — 최후의 필연적 재결합 이전에는 조금이라도 근접할 수 있는 어떤 원자도 — 형태가 비슷한 것이 하나도 없다는 것뿐이다.

앞에서 말했듯, 분리된 원자들이 정상적 합일로 돌아가려는 즉각적이고도 지속적인 성향이 비정상적 확산에 내포되어 있긴 하지만, 그럼에도 분명한 사실은 확산 에너지가 발휘되기를 멈추어, 그것, 즉 성향을, 자유롭게 자신의 충족을 추구하도록 내버려둘 때까지는 이 성향이 어떤 결과도 초래하지 않으리라는 — 오로지 성향으로만 존재하리라는 — 것이다. 하지만 거룩한 행위가 한정적이며 확산이 완성되었을 때 중단된다고 간주한다면, 우리는 반작용 — 말하자면 분리된 원자들이 하나로 돌아가려는 충족 가능한 성향 — 이 생길 것임을 단번에 이해할 수 있다.

하지만 확산 에너지가 거둬들여지고 궁극적 설계 — 가능한 한 최상의 관계에 대한 설계 — 를 증진하기 위해 반작용이 시작되면, 이 설계는 이제 그 성취를 총체적으로 실현하려는 바로 그 복귀 성향 때문에 지엽적인 측면에서 훼손될 위험에 놓인다. 다양성이 목표이지만, 인접한 원자들이 이제는 충족

가능해진 성향을 통해 — 제시된 목적을 다양성 속에서 성취하기도 **전에** — 자신들끼리 절대적 하나임 속으로 — **한꺼번에** 빠져들지 않도록 막는 것은 하나도 없다 — 즉, 다양한 **유일무이한** 덩어리들이 공간의 여러 지점에서 응집하지 못하도록 방해하는 것은 아무것도 없다 — 말하자면 다양한 덩어리들이 각각의 절대적 하나로 뭉치는 것을 가로막는 것은 아무것도 없다.

따라서 일반적 설계를 실질적이고도 철저하게 완성하려면 유한한 크기의 밀어냄이 — 확산적 결의가 거둬들여졌을 때, 원자들의 접근을 허용하는 동시에 결합을 금지하는, 원자들이 무한히 가까워지도록 하면서도 실제로 접촉하지는 못하게 하는, 한마디로 원자들의 **융합**을 — **어느 국면까지는** — 금지하는 힘이 있으면서도 **유착**을 — 어느 측면에서도 **또는 정도로도** — 방해하는 능력은 없는, 분열적 성향의 **무언가가** — 필요하다는 것을 알 수 있다. 밀어냄은 다른 측면에서 무척 독특하게 유한하다고 이미 간주한 바 있지만, 다시 말하건대 절대적 융합을 **어느 국면까지만** 금지할 수 있는 것으로 이해해야 한다. 원자들의 합일 욕구가 **영영** 충족되지 못할 운명이라고 상상해야만 하는 게 아니라면 — 시작은 있는데 끝은 없는 무언가를 상상해야만 하는 게 아니라면 — 이것은 자신이 이 관념에 대해 생각한다고 아무리 말하거나 꿈꿔도 **실제로는** 생각할 수 없는 관념인데 — 우리가 상상하는 척력은 — 집합적으로 가해지지만, 거룩한 목적이 성취되어 그런 집합적 적용이 자연적으로 이루어질 때까지는 결코 조금도 가해지지 않을 합일 성향의 압박하에서 — 그 궁극적 시점에, 정확히 필요한 만큼 우세한 힘에 굴복하여, 결국은 근원적이고 따라서 정상적이기에 필연적인 하나로의 우주적 함몰을 허용하리라고 결론 내릴 수밖에 없다. 여기서 충족되어야 하는 조건은 실로 까다롭지만 — 우리는 조건들이 맞아떨어질 가능성을 파악할 수조차 없다 — 그럼에도 명백한 불가능성은 무언가를 뚜렷하게 시사한다.

밀어냄을 가진 무언가가 실제로 존재한다는 것은 우리 눈으로 확인할 수 있는 사실이다. 인간은 원자 두 개를 접촉시킬 수 있는 힘을 내지 못하며, 그런 힘에 대해 알지도 못한다. 이것이 바로 물질의 불가입성[23]이라는 확증된 명제다. 이 명제는 모든 실험에서 입증되며 — 모든 철학에서 인정된다. 나는 밀어냄의 설계 — 밀어냄이 존재해야 할 필요성 — 를 밝히고자 했으나, 모든 탐구 시도를 그 본성은 금욕적일 만큼 거부했는데, 이것은 문제의 원리가 엄밀하게 정신적이고 — 우리의 현재 이해 수준으로는 파고들 수 없는 구석에 놓여 있으며 — 지금은 — 우리의 인간 상태에서는 — 정신 자체를 고려할 때는 — 고려할 수 없는 것에 대한 고려와 결부되어 있

23 두 개의 물체가 동시에 같은 공간을 차지하지 못하는 성질.

기 때문이다. 한마디로 나는 여기에서, 오직 여기에서만 신이 개입했다고 생각하는데, 그 이유는 여기에서, 오직 여기에서만 매듭이 신의 개입을 필요로 했기 때문이다.

사실 확산한 원자들이 합일로 돌아가려는 성향은 단번에 뉴턴의 중력으로 인식될 테지만, 그 성향이 (당장) 충족되지 못하도록 한계를 부여하는 척력이라고 내가 지칭한 것은 우리가 습관적으로 어떤 때는 열이라고, 어떤 때는 자력이라고, 어떤 때는 **전기**라고 지칭하는 **것**으로 이해될 것이며, 그것을 한정하기 위해 동원하는 용어가 오락가락하는 것을 보건대 그 어마어마한 성격에 대해 우리가 무지하다는 것을 알 수 있다.

그것을 당분간만 전기라고 부르자면, 우리는 전기를 실험에서 분석할 때마다 궁극적 결과로서, 원리로서, 또는 표면상의 원리로서 **이질성**이 나타났음을 안다. **오로지** 다름이 있는 곳에서만 전기가 나타나며, 전기가 생겨나지 않거나, 적어도 드러나지 않은 곳에는 차이가 **결코** 존재하지 않는다고 추정할 수 있다. 이제 이 결과는 내가 사변적으로 도달한 결과와 완벽하게 부합한다. 척력은 확산한 원자끼리의 즉각적 합일을 방해하는 힘이며, 이 원자들은 제각각 다른 것으로 간주된다는 것이 나의 주장이다. **다름**이 원자들의 성격 — 본질 — 인 것은 **다름 없음**이 원자원原子源의 본질인 것과 마찬가지다. 그렇다면 이 원자들 중 임의의 두 개를 합치려 할 때

접촉을 막으려는 노력이 척력이라는 형태로 일어나리라는 말은 임의의 두 다름을 합치려 할 때 전기가 발생하리라는 말로 바꿔 써도 무방할 것이다. 존재하는 모든 물체는, 물론, 인접한 원자들로 이루어졌으므로, 단지 많거나 적은 차이들의 집합으로 간주해야 하며, 이런 임의의 집합 두 개를 합치려 할 때 밀어내려는 정신이 일으키는 저항은 각 집합의 다름들을 각각 합산한 것에 비례할 것이다 — 이것을 간결하게 표현하면 다음과 같다 — 두 물체가 근접했을 때 발생하는 전기의 양은 각 물체를 구성하는 원자들의 합계의 차이에 비례한다. 어떤 두 물체도 절대적으로 같을 수 없다는 것, 이것은 여기서 말한 모든 것으로부터 도출되는 단순한 귀결이다. 따라서 전기는, 언제나 존재하는 이 전기는 물체들이 근접할 때마다 발생하지만, 상당히 다른 물체들이 근접할 때에만 발현한다.

전기에 — 당분간은 계속 이렇게 부르겠는데 — 빛, 열, 자력의 다양한 물리적 현상을 빗대는 것이 틀리지 않을진 모르지만, 이 엄밀히 정신적인 원리에 더 중요한 현상인 생기, 의식, 생각을 빗대는 것은 틀릴 가능성이 훨씬 적을 것이다. 하지만 이 주제에 대해서는 이 현상들이, 전체적으로 관찰했을 때든 세부적으로 관찰했을 때든 적어도 이질성에 비례하여 나타나는 것 같다는 주장으로 이 자리에서는 마무리해야겠다.

이젠 '중력 작용'과 '전기'라는 애매모호한 두 용어를 버리고 더 명확한 표현인 '**끌어당김**'과 '**밀어냄**'을 채택하도록 하자. 전자는 육체이고 후자는 영혼이며, 하나는 물질적 우주의 원리이고 다른 하나는 정신적 우주의 원리다. **다른 원리는 없다. 모든** 현상은 이것이나 저것, 또는 둘의 조합으로 설명할 수 있다. 이 사례가 얼마나 엄밀하게 — 얼마나 철저하게 입증 가능한가 하면 — 끌어당김과 밀어냄은 우리가 우주에서 지각하는 — 달리 말하자면 물질이 마음에 발현될 때의 — **유일한** 성질이며 — 단지 논증이라는 목적을 위해서라면 우리는 물질이 끌어당김과 밀어냄으로서만 **존재**하고 — 끌어당김과 밀어냄이 **곧** 물질이며 — '끌어당김' 및 '밀어냄'이라는 한 쌍의 개념을 '물질'이라는 개념과 논리적으로 동등한, 따라서 대체 가능한 표현으로 채택해서는 안 되는 경우는 하나도 상상할 수 없다고 가정해도 무방하다.

방금 내가 한 말은, 내가 서술한바 확산한 원자들이 원래의 합일로 돌아가려는 성향을 뉴턴 중력 법칙이라는 원리로 이해할 수 있다는 것이며, 사실 뉴턴 중력을 단순히 일반적 관점에서 물질이 물질을 사모하도록 하는 힘으로 바라본다면 이런 식으로 이해하는 데는 전혀 어려움이 없으니, 말하자면 뉴턴적 힘에 대해 알려진 **모두스 오페란디** *modus operandi*[24]에 전혀 주목하지 않아도 이런 식으로 이해하는 데는 전혀 어려

24 '작동 방식'을 뜻하며, 이 책에서는 '메커니즘'으로 이해할 수 있다.

움이 없다. 두 원리는 전체적으로는 만족스럽게 맞아떨어지지만, 더 꼼꼼히 들여다보면 알 수 있듯 세부적인 면에서는 불일치하는 것처럼 보이는 것이 많으며, 상당수에서는 적어도 어떤 일치도 확립되지 않는다. 이를테면 뉴턴 중력은 어떻게 생각하면 결코 **하나임**을 지향하는 성향으로 보이지 **않으며**, 오히려 만물이 만방을 향하는 성향 — 확산 성향을 일컫는 것이 분명한 표현 — 으로 보인다.[25] 그렇다면 여기에는 **불**일치가 있다. 다시 말하지만 뉴턴적 성향을 관장하는 수학 **법칙**을 고찰하면 똑똑히 알 수 있듯, 적어도 존재한다고 알려진 중력 작용과 내가 가정한 겉보기에 단순하고 직접적인 성향 사이에서는, **모두스 오페란디**의 관점에서 어떤 일치도 찾아볼 수 없다.

사실 이쯤 되고 보니 나의 논증 과정을 역전시켜 논지를 강화하는 것이 바람직할 듯하다. 지금껏 우리는 **단순함** — 하느님의 근원적 행위가 가진 성격으로서 가장 그럴듯한 것 — 에 대한 추상적 고찰에서 출발하여 **아 프리오리**로 논리를 전개했다. 이제 뉴턴 중력 작용이라는 확립된 사실로부터 정당한 귀납적 추론을 **아 포스테리오리**로 도출할 수는 없는지 들여다보자.

뉴턴 법칙이 천명하는 것은 무엇인가? — 그것은 모든 물

25 하나임을 지향하려면 모든 물체를 끌어당기는 하나의 중력 중심이 존재해야 하기 때문이다.

체가 서로를 질량에 비례하고 거리의 제곱에 반비례하는 힘으로 끌어당긴다는 것이다. 내가 뉴턴 법칙을 우선 일상어로 표현한 데는 의도가 있다. 고백건대 앞의 문장에서는, 일상어로 표현된 여느 위대한 진리에서와 마찬가지로 새로운 아이디어가 거의 떠오르지 않는다. 앞의 문장을 더 철학적으로 표현하면 다음과 같다 — **모든 원자는 모든 물체에서 끄는 원자와 끌리는 원자의 거리의 제곱에 반비례하는 힘으로 나머지 모든 원자를, 자신의 것과 나머지 모든 물체의 것을 포함하여 끌어당긴다.** — 이렇게 하면 실제로 온갖 아이디어가 머릿속에 샘솟는다.

하지만 뉴턴이 무엇을 **증명**했는지 — 형이상학 학파가 내놓은 지독히 비합리적인 **증명**의 정의에 의거하여 — 살펴보자. 뉴턴은, 자신이 천명한 법칙을 따르며 끌고 끌리는 원자로 이루어진 상상 속 우주의 운동이 우리가 관측하는 실제로 존재하는 우주의 운동과 얼마나 속속들이 맞아떨어지는지 보여주는 것에 만족해야 했다.[26] 이것이 그가 **입증**한 분량이었다 — 말하자면 이것은 '철학들'의 관습적 현학에서 요구하는 분량이었다. 그가 성공을 거두면서 증명 — 건전한 지성이 받아들이는 수준의 증명 — 에 증명이 곱해지고 다시 증명이 더해졌지만 법칙 자체의 **입증**은 조금도 탄탄해지지

26 뉴턴의 법칙은 현상을 설명할 뿐 그 원리를 밝히지 못했다는 비판.

않았다는 것이 형이상학자들의 주장이다.[27] 하지만 여기 지상에서 끌어당김에 대한 뉴턴 이론에 부합하는 "시각적이고 물리적인 증명"이, 결국 일부 지적 기으름뱅이에게 흡족하도록 제시되었다.[28] 이 증명은 지구의 평균 밀도를 알아내려다(중요한 진리는 거의 다 그렇듯) 부수적이고도 우연하게 얻어졌다. 지구의 평균 밀도를 알아내기 위한 매스킬린, 캐번디시, 베일리의 유명한 실험에서 산[29]의 질량에 의한 끌어당김이 관찰되고 감지되고 측정되었는데, 이것이 뉴턴의 불멸의 이론과 수학적으로 일치한다는 사실이 밝혀진 것이다.

하지만 확인을 전혀 필요로 하지 않는 것에 대한 확인이 이렇게 이루어졌음에도 — 이른바 '시각적이고 물리적인 증명'에 의해 '이론'이 이른바 '확증'되었음에도 — 이 확증의 성격에도 불구하고 — 진정으로 철학적인 사람들조차도 증력과 관련하여 받아들이지 않을 수 없는 개념들은 — 그리고 무엇보다 일반인이 수용하고 기꺼이 옹호하는 개념들은 — 대부분 그들이 보기에 단지 자신이 발 디디고 서 있는 행성에서 수립된 원리를 고찰하여 도출된 것으로 보인다.

이제 그렇게 불완전한 고찰은 어느 쪽으로 향할 것이며 —

27 이 책에서 '증명'은 현상에 부합하는 법칙을 도출하는 수준의 피상적 증명이고, '입증'은 법칙 이면에 숨겨진 원리를 밝혀내는 근원적 증명이다.

28 '기으름뱅이groveller'는 앞에 나온 'creeping'과 'crawling'에 빗댄 신조어다.

29 [원주] 웨일스 시핼리언. — 포의 육필 메모.

어떤 종류의 오류를 낳을 것인가? 지상에서 우리가 보고 느끼는 것은 중력이 모든 물체를 지구 중심으로 몰아붙인다는 것뿐이다. 일반인은 다른 무엇도 보게 되거나 느끼게 될 수 없었으며 — 다른 무엇이 어디에서든 지구 중심으로가 아닌 다른 어떤 방향으로도 지속적인 중력 작용 성향을 가졌다고 인식하게 될 수 없었지만, (좀 있다 상술할 내용을 예외로 하면) 지상의 모든 것이 (지금은 하늘에 있는 모든 것은 논외로 하고) 지구 중심으로뿐 아니라 그 밖의 상상할 수 있는 모든 방향으로 끌어당겨지는 성향을 가지고 있음은 엄연한 사실이다.

철학자들이 이 문제와 관련하여 일상어에 현혹되어 오류를 저지른다고 말할 수는 없지만, 그럼에도 일상적 개념의 분위기에 부지불식간에 영향받는 것은 어쩔 수 없다. 브라이언트[30]는 피가 되고 살이 되는 책 《신화》에서 이렇게 말한다. “이교도 우화를 믿는 사람은 없지만, 우리는 번번이 그 사실을 망각하고 마치 기존 현실에서처럼 그것들에서 추론을 이끌어낸다.” 내가 하고 싶은 말은 다음과 같다. 우리가 지상에서 중력을 경험할 때의 단순히 감각적인 지각은 인류로 하여금 중력에 대해 수렴이니 특수성이니 하는 환상을 품게 했으며 — 가장 고매한 지성인들조차 이 환상 쪽으로 끊임없이

30 영국의 신화학자 제이컵 브라이언트.

치우친 탓에 — 영원히 시나브로 이 원리의 진짜 성격들로부터 멀어져 정반대 방향에 — 수렴이나 특수성이 아니라 — 보편성과 확산이라는 — 원리의 본질적 성격 이면에 — 놓인 중대한 진리를 오늘날까지 한 번도 엿보지 못했다. 이 '중대한 진리'는 합일이 중력 현상의 원천이라는 것이다.

이제 중력의 정의를 다시 읊어보자 — 모든 원자는 모든 물체에서, 끄는 원자와 끌리는 원자의 거리의 제곱에 반비례하여 변하는 힘으로 **나머지 모든 원자를, 자신의 것과 나머지 모든 물체의 것을 포함하여 끌어당긴다.**

여기서 독자께서는 나와 함께 잠시 멈춰 **모든 원자가 나머지 모든 원자를 끌어당긴다**는 사실에 결부된 — 끌어당김이 발현되는 법칙이나 방식과 무관하게 단지 끌어당김이라는 사실에만 결부된 — 각 원자가 나머지 모든 원자를, 포탄을 구성하는 원자들이 단지 개수만 놓고 보자면 우주를 구성하는 모든 별보다 많을 정도로 무수히 많은 원자들의 황무지에서 조금이라도 끌어당긴다는 사실에만도 결부된 — 기적적인 — 형언할 수 없는 — 도무지 상상할 수 없을 만큼 복잡한 — 관계에 대해 고찰해보기 바란다.

단지 각 원자가 제 나름의 선호하는 점을 — 특별히 매력적인 어떤 원자를 — 지향한다는 사실을 우리가 발견했다면 — 그것만으로도 정신을 압도하기에 충분한 발견을 한 것일 테지만 — 우리가 실제로 이해해야 하는 것은 과연 무엇일까? 그것은 각 원자가 서로 끌어당긴다는 것 — 나머지 모든 원자의 가장 섬세한 움직임에 동시에 그리고 영원히 하나하나에 또한 모두에, 그리고 인간의 상상력으로 이해할 수 있는 범위를 훌쩍 뛰어넘는 — 그 자체만 놓고 보더라도 — 확고한 법칙에 따라 동조한다는 것 — 이다. 나의 목적이 햇살 속의 티끌 하나가 이웃한 티끌에 미치는 영향을 알아내는 것이라면, 그 목적을 달성하기 위해서는 우선 우주에 있는 모든 원자의 개수를 세고 무게를 달고 어느 특정 순간에 모든 원자의 정확한 위치를 정의해야만 한다. 지금 내 손가락 위의 한 점에 놓인 작디작은 먼지 한 톨을 10억 분의 1인치라도 옮긴다면, 내가 감행한 행위는 어떤 성격의 행위일까? 내가 감행한 행위는 달의 궤도를 흔들고, 그러면 태양은 더는 태양이 아니게 되고, 그러면 창조주의 장엄한 현존 속에서 구르고 빛을 내는 무수하고 다양한 별들의 운명이 영영 달라진다.

이런 발상 — 이와 같은 관념 — 생각 같지 않은 생각 — 지성의 결론도, 심지어 고찰도 아닌 영혼의 공상 — 우리가 끌어당김이라는 위대한 원리를 파악하려고 노력할 때 유익을 기대할 수 있는 것은, 다시 말하지만 이와 같은 발상에 대해 생각할 때뿐이다.

하지만 지금은 — 이런 개념을 — 끌어당김의 경이로운 복잡성에 대한 시각을 — 머릿속에 뚜렷이 담은 채 — 이런 주제를 생각할 능력이 있는 모든 사람으로 하여금 관찰된 현상의 원리를 — 현상들이 나타나게 된 조건을 — 상상하게 하는 과제에 착수하게끔 하자.

원자들의 형제애가 이토록 분명한 것은 원자들이 한 부모에게서 나왔음을 암시하지 않는가? 원자들의 동조가 이토록 보편적이고, 이토록 뿌리 깊고, 이토록 무연無緣하다는 것은 공통의 부모가 원자들의 기원임을 암시하지 않는가? 한쪽 끝이 다른 쪽 끝에 논리를 부여하지 않는가? 분열의 무한성은 단일성의 완전함을 가리키지 않는가? 복잡한 것의 총체성은 단순한 것의 완벽성을 암시하지 않는가? 문제는 원자들이 우리가 보는 것처럼 분열되어 있거나 복잡한 관계를 이루고 있다는 것이 아니라 — 상상할 수 없이 분열되고 형언할 수 없이 복잡한 관계를 이루고 있다는 것이다 — 내가 지금 암시하는 것은 조건 자체라기보다는 조건들의 극단성이다. 한마디로 지금 모든 상황에서 — 모든 점에서 — 모든 방향에서 — 모든 접근 방식으로 — 모든 관계에서 모든 조건을 통해 — 원자들이 이 절대적인, 이 무연한, 이 무조건적인 하나로 돌아가려고 안간힘을 쓰는 것은 원자들이 아득한 옛날에 함께 있는 것보다도 더 가까이 있었기 때문 — 근원적으로, 따라서 정상적으로 원자들이 하나였기 때문 — 아닐까?

어떤 사람은 여기서 이렇게 반박할지도 모르겠다 — "왜 — 원자가 안간힘을 쓰는 것은 하나로 돌아가기 위해서인데 — 우리는 끌어당김을 '중심을 향하는 단지 일반적인 성향'으로 파악하고 정의하지 않는가 — 왜 무엇보다 **당신**의 원자들 — 중심에서 복사했다고 당신이 묘사한 원자들 — 은 자신들의 근원인 중심점으로 한꺼번에 일직선으로 돌아가지 않는가?"

내 대답은 **그렇지 않다**는 것이며, 이제 분명히 보게 될 것처럼, 원자들이 그렇게 행동하는 원인은 중심 **자체**와는 전혀 무관하다는 것이다.[31] 원자들이 모두 일직선으로 중심을 향하는 것은 원자들이 구상球狀으로 공간 속에 복사했기 때문이다. 각 원자는 전체적으로 균일한 원자들의 구 중 하나를 형성하기에, 중심 방향에 놓인 원자들이 물론 나머지 어느 방향보다 많고, 그렇기 때문에 그 방향으로 끌어당겨지는 것이지 — 중심이 **기원의 점**이어서 그런 식으로 끌어당겨지는 것이 **아니다**. 원자들은 어느 한 **점**에 매여 있는 것이 아니다. 내가 가정컨대 원자들은 구체적으로든 추상적으로든 어느 **장소**에 매여 있는 것이 아니다. 나는 결코 **장소** 같은 것을 기원으로 상정하지 않았다. 원자들의 근원은 원리이며, 그 원리는 바로 **합일**이다. **이것**이야말로 원자들이 잃어버린 부모다. **이것**을 원자들은 언제나 — 심지어 부분적으로만 찾을 수 있더라도 — 즉각적으로 — 모든 방향으로 — 찾아다니며, 그렇

31 즉, 중심이 원자들을 끌어당기기 때문이 아니다.

게 뿌리 깊은 성향을 어떻게든 달래면서 최후의 절대적 충족을 향해 나아간다. 이 모든 사실로 인해 끌어당기는 힘 일반의 법칙, 즉 모두스 오페란디를 타당하게 설명할 수 있는 원리는 이 특수한 법칙을 설명할 수 있다 — 말하자면 왜 원자들이 거리의 제곱에 반비례하는 힘으로 복사의 전체적 중심을 향해야 하는지 보여줄 수 있는 모든 원리는, 이 원자들이 같은 법칙에 따라 각자 서로에게 이끌리는 성향을 그와 동시에 만족스럽게 설명한다고 인정받을 것이다 — 왜냐면 중심을 향하는 성향은 각 원자가 서로 이끌리는 성향에 불과할 뿐 중심 자체를 향하는 그 어떤 성향도 아니기 때문이다. — 그러므로 나의 명제를 확립하고자 할 때 뉴턴의 중력 정의에서 — 뉴턴의 정의에서는 각 원자가 나머지 각각의 원자를 끌어당긴다고 선언하되, 오로지 이것만 선언하는데 — 항들을 수정할 필요가 전혀 없음을 알 수 있을 테지만, (언제나 내가 제안하는 것이 결국 받아들여진다는 가정 하에서) 향후 과학이 발전하는 과정에서 더 포괄적인 표현이 채택된다면 일부 오류를 이따금 피할 수도 있음이 분명한바 — 이를테면 — "각 원자는 힘 등에 의해 나머지 모든 원자 등을 지향하며 그 일반적 결과는 모든 것이 비슷한 힘으로 전체적 중심을 향하는 성향이다."

이렇듯 우리의 과정을 거꾸로 진행해도 결과는 동일하지만, 한 과정에서는 직관을 출발점으로 삼은 반면에 다른 과정에서는 목표로 삼았다. 첫 번째 여정을 시작하면서, 나는 억누를 수 없는 직관에 의거하여 단순성이야말로 하느님의 근원적 행위의 성격이었다는 느낌이 들었다고 말할 수밖에 없었으며 — 두 번째 여정을 끝내면서는, 억누를 수 없는 직관에 의거하여 합일이야말로 관측된 뉴턴 중력 작용의 원천이었다고 단언할 수밖에 없다. 따라서 학파들은 내가 아무것도 증명하지 않는다고 주장할 것이다. 그러라지 — 나는 제안하고자 할 뿐이며 — 제안을 통해 설득하고자 할 뿐이다. 나는 가장 심오한 학식과 신중한 안목을 겸비한 인간 지성들 중 상당수가 나의 제안에 매우 만족하지 않고는 못 배기리라고 자부하는 바다. 이 지성들에게는 — 나의 지성에 대해서와 마찬가지로 — 내가 제시한 위대한 진리 — 우주적 현상의 원천으로서의 — 원리로서의 — 근원적 합일이라는 진리 — 에 대해 어떤 수학적 입증을 들이대봐야 조금도 참된 증명을 더하지 못한다. 나로 말할 것 같으면, 내가 말하고 본다는 사실을 확신하는 것보다 — 나의 심장이 뛰고 나의 영혼이 살아 있음을 확신하는 것보다 — 내일 태양이 뜬다는 것 — 아직 미래에 놓여 있는 확률 — 을 확신하는 것보다 1,000배나 더 — 만물과 만물에 대한 모든 생각이 원초적이고 무연한 하나로부터, 관계의 형언할 수 없는 모든 다양성과 더불어 단번에 존재하게 되었다는 확고한 기정사실을 확신한다.

《천체의 구조》를 쓴 달필의 저자 니콜 박사는 뉴턴 중력에 대해 이렇게 말한다 — "사실 우리는, 이제 밝혀진바 이 위대한 법칙이 궁극적이거나 가장 단순하고 따라서 보편적이고 포괄적인 형태의 위대한 섭리라고 가정할 이유가 전혀 없다. 중력의 세기가 거리라는 요인에 따라 감소하는 것에는 궁극적 원리의 성격이 없다. 원리는 기하학의 토대를 구성하는 공리들처럼 언제나 단순하고 자명하기 때문이다."

이제는 '궁극적 원리'가 이 단어의 통상적 의미에서 기하학적 공리처럼 언제나 단순하더라도 — ('자명함'으로 말하자면, 그런 것은 존재하지 않는다) — 이 원리들이 분명 '궁극적'이지 않음은 분명하다. 달리 말하자면, 우리가 습관적으로 원리라고 부르는 것은 올바르게 말하면 결코 원리가 아니다 — 존재할 수 있는 것은 단 하나의 원리, 하느님의 결의뿐이기 때문이다. 그렇다면 우리는, 우리가 어리석게도 '원리'라고 이름 붙인 규칙들에서 관찰되는 것을 근거로 참원리가 가진 성격에 대해 그 무엇도 가정할 권리가 없다. 이 '궁극적 원리'는 — 니콜 박사는 이것이 기하학적으로 단순하다고 말하는데 — 방대한 기하학 체계의, 따라서 단순성 체계 자체의 핵심이기에, 이 기하학적 성격을 가질 수 있으며 실제로도 가지지만 — 그럼에도 기하학 체계에서의 참된 궁극적 원리는 우리도 알다시피 복잡한 것의 — 말하자면 이해할 수 없는 것의 — 완성인바 — 왜냐면 그것은 하느님의 영적 능력 아니던가?

하지만 내가 니콜 박사의 언급을 인용한 것은 그 철학에 의문을 제기하기 위해서라기보다는 모든 사람이 중력 법칙 이면에 **모종의** 원리가 존재한다는 사실을 인정하긴 했어도, 이 원리가 구체적으로 무엇**인지** 지목하려는 시도는 전혀 없었다는 사실에 주의를 환기하기 위해서다 — 만일, 어쩌면, 자력이나, 동물자기설이나, 스베덴보리주의나, 초월주의나, 그에 못지않게 솔깃한, 같은 부류인데다 같은 부류의 사람들에게 한결같이 지지받는 다른 어떤 **주의**에 빗대려는 이따금씩의 공상적 시도를 논외로 한다면 말이다. 뉴턴의 위대한 정신은 법칙 자체는 대담하게 움켜쥐었지만 법칙의 원리 앞에서는 꼬리를 내렸다. 더 끈기 있고 심오까지는 모르겠지만 적어도 더 유창하고 박식한 라플라스의 지혜는 그것을 공격할 용기가 없었다. 하지만 두 천문학자가 주저한 이유를 이해하기란 아마도 그다지 어려운 일이 아닐 것이다. 두 사람은 여느 일급 수학자들과 마찬가지로 **오로지** 수학자였으며 — 그들의 지성에서는 적어도 수리물리학적 태도가 여실히 드러났다. 물리학의 또는 수학의 영역 안에 확고하게 놓이지 않은 것은 그들이 보기에 실체가 아니거나 그림자였다. 그럼에도 이런 방면에서 일반 법칙의 두드러진 예외이자 수학적 태도와 물리형이상학적 태도를 겸비한 드문 정신적 기질의 소유자 라이프니츠조차 이 사안을 본격적으로 탐구하여 결론 내리지 않은 것은 납득하기 힘들다. 뉴턴이나 라플라스야 원리를 찾아 헤매다가 **물리학적** 원리를 하나도 찾아내지 못하자 원리가 아예 존재하지 않는다는 결론에 안주했을 법도 하지만, 라이프니츠가 물리학적 영토를 샅샅이 훑은 뒤에도 형이상학의 왕국에 있는 자신의 친숙한 옛 영지에 선뜻 대담하고도 희망차게 발을 디디지 않았다는 것은 상상하기조차 힘들다. 이렇게 보면 사실 그는 **틀림없이** 보물을 찾으려고 모험을 떠났던 것이 분명하다 — 그가 결국 보물을 찾지 못한 것은 아마도 그의 길잡이 요정인 상상력이 그를 옳은 방향으로 인도할 만큼 성숙하거나 학식을 갖추지 못했기 때문일 것이다.

내가 방금 한 말은 사실, 중력을 어떤 매우 불확실한 **주의**에 빗대어 설명하려는 어떤 모호한 시도가 있었다는 뜻이다. 이 시도들은 비록 대담한 것으로, 그것도 정당하게 간주되기는 했지만, 뉴턴 법칙의 일반성 — 가장 앙상한 일반성 — 너머를 전혀 보지 못했다. 설명의 일환으로 뉴턴 법칙의 **모두스 오페란디**에 접근한 사례는 내가 알기로 하나도 없다. 따라서 나는 다짜고짜, 또한 내 명제들을 판단 능력을 갖춘 유일한 사람들의 눈앞에 공정하게 평가 받을 수 있도록 제출할 기회를 얻기도 전에 광인으로 몰릴 (근거가 없지 않은) 두려움을 품고서, 중력 법칙의 **모두스 오페란디**가 극히 단순하며 — 말하자면 만일 우리가 적절한 단계와 참된 방향으로 그것을 향해 나아간다면 — 만일 우리가 올바른 관점에서 그것을 바라본다면 — 완벽하게 설명 가능한 것이라고 단언한다.

우리가 하느님의 근원적 행위에 대한 가장 그럴듯한 성격으로서의 단순함을 고찰함으로써 만물의 원천으로서의 절대적 **합일**이라는 개념에 도달하든 — 아니면 중력 현상에서 나타나는 관계의 보편성을 탐구함으로써 도달하든 — 아니면 두 과정에 의한 상호 확증의 결과로써 도달하든 — 그럼에도 그 개념 자체에 대해 생각하는 유일한 방법은, 다른 개념 — 우리가 **지금** 감지하는 별우주의 조건 — 말하자면 공간 속으로 헤아릴 수 없는 **확산**이 이루어지고 있다는 조건 — 의 개념과 떼려야 뗄 수 없는 연관성 속에서 생각하는 것이다. 이제 이 두 개념 — 합일과 확산 — 의 연관성을 확립하려면 세 번째 개념 — **복사** — 에 대해 생각해야 한다.[32] 절대적 합일을 중심으로 간주한다면, 기존 별우주는 그 중심으로부터 **복사**가 일어난 결과다.

이제 복사 법칙은 **기지의** 법칙이다. **구**의 요체이며, **이론의 여지가 없는 기하학적 성질**의 범주에 속한다. 우리는 복사 법칙을 일컬어 "참이다 — 명백하다"라고 말한다. 복사 법칙이 **왜** 참이냐고 묻는 것은 복사 법칙을 입증하는 토대인 공리가 왜 참이냐고 묻는 셈이다. 엄밀히 말해서 입증할 수 있는 것은 **아무것도** 없지만, **만에 하나** 입증할 수 있는 것이 하나라

32 '복사'는 '확산'의 일종으로, 공처럼 사방으로 퍼지는 '구상球狀 확산'을 일컫는다.

도 있다면 그것은 복사라는 성질 — 복사 법칙 — 이다.

하지만 이 법칙들은 — 무엇을 단언하는가? 복사는 — 어떻게 — 어떤 단계를 거쳐 중심에서 바깥으로 진행되는가?

발광 중심에서 빛은 복사에 의해 방출되며, 임의의 평면이 한번은 중심에 가까워졌다가 다음번에는 멀어졌다 하면서 위치를 바꾼다고 가정할 때, 받아들이는 빛의 양은 발광체와 평면의 거리의 제곱이 증가하는 것에 비례하여 감소할 것이며, 이 제곱이 감소하는 것에 비례하여 증가할 것이다.

이 법칙은 다음과 같이 일반화하여 표현할 수 있다 — 이동하는 평면에서 받아들이는 빛입자의 개수(또는 사람들이 더 좋아할지도 모르는 용어로는 빛자국의 개수)는 평면의 거리의 제곱에 반비례한다. 한 번 더 일반화하자면, 확산 — 흩어짐 — 한마디로 복사 — 는 거리의 제곱에 정비례한다고 말할 수 있다.

이를테면, 발광 중심 A로부터 거리 B만큼 떨어진 곳에 일정 개수의 입자들이 B 평면을 채울 만큼 확산해 있다고 가정해보자. 이제 거리를 두 배로 늘리면 — 이 거리를 C라고 하자 — 빛입자들은 B와 같은 크기의 평면 네 개를 채울 만큼 넓게 확산할 것이고 — 거리를 세 배로 늘린 D에서는 빛입자들이 B와 같은 크기의 평면 아홉 개를 채울 만큼 넓게 분리될 것이고 — 거리를 네 배로 늘린 E에서는 빛입자들이 B와 같은 크기의 평면 열여섯 개에 퍼질 만큼 흩어질 것이고 —

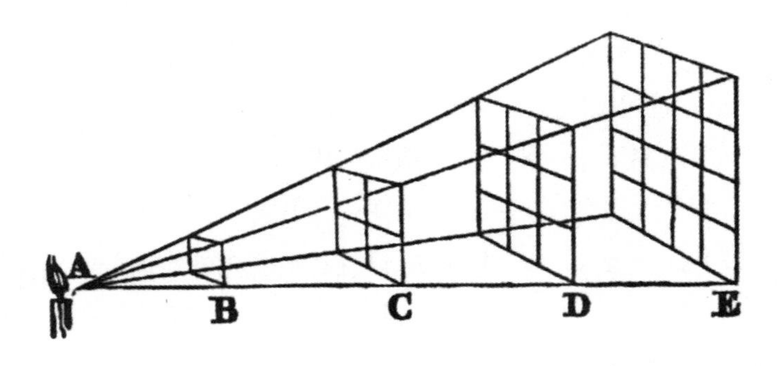

이런 식으로 영원히 계속된다.

일반적으로 복사가 거리의 제곱에 정비례하여 진행된다고 말할 때, '복사'라는 용어는 중심에서 바깥으로 나아갈 때의 확산 정도를 나타낸다. 개념을 뒤집어 '수렴'이라는 단어를 우리가 바깥의 위치에서 중심을 향해 돌아옴에 따라 모이는 정도를 표현하는 데 쓴다면, 수렴은 거리의 제곱에 반비례하여 진행된다고 말해도 무방할 것이다. 말하자면 물질이 태초에는 중심으로부터 복사했다가 지금은 중심으로 복귀하고 있다는 가설에 따라, 우리는 수렴이 복귀 과정에서 중력의 진행에 대해 우리가 아는 것과 정확히 똑같이 진행한다는 결론에 도달했다.

이제 여기서 수렴이 중심을 향하는 힘[33]을 정확히 나타낸다

33 중력.

고 — 즉, 하나가 다른 하나에 정비례하고 둘이 나란히 진행된다고 — 가정해도 무방하다면, 밝혀져야 할 것은 모두 밝혀진 셈이다. 그렇다면 유일하게 남은 난점은 '수렴'과 수렴의 힘의 비례 관계를 정립하는 것인데, 이를 위해서는 물론 '복사'와 복사의 힘 사이의 비례 관계를 정립하면 된다.

천상을 언뜻 관측하기만 해도 별들이 집합적으로, 대략 구형으로 위치해 있는 공간 범위 전체에 전반적으로 균일하고 균등하며 등거리로 분포해 있음을 확실히 알 수 있다 — 이 종류의, 절대적이기보다는 전반적인 균등성은 무연無緣으로부터 무한히 복잡한 관계를 만들어낸다는 명백한 설계의 귀결로서, 태초에 확산한 원자들 사이에 일정한 한계 내에서 부등 거리가 존재한다는 나의 추론과 완벽히 맞아떨어진다.[34] 기억하겠지만 나의 출발점은 원자들의 분포가 전반적으로는 균일하지만 특수하게는 불균일하다는 발상이었다 — 다시 말하지만 이 발상은 별들이 현재 어떻게 존재하는지에 대한 관측으로부터 확증된다.

하지만 원자와 관련하여 단순히 전반적인 분포의 균등성에도 난점이 있는바, 이러한 분포의 균등성이 **중심으로부터의 복사**를 통해 구현되었다는 나의 가정을 마음에 새긴 독자들은 틀림없이 이미 이 난점을 간파했을 것이다. 복사라는 개념

34 전체적으로는 균일하되 국지적으로 불균일성이 나타난다는 뜻.

을 처음 접하는 순간, 우리는 지금껏 분리되지 않았고 분리할 수도 없는 개념인 중심으로의 응집과 중심으로부터 후퇴할 때의 분산에 대해 생각하지 않을 수 없다 — 이 개념은 한마디로 복사하는 물질이 **불균등**하게 분포한다는 것이다.

이제 내가 다른 곳[35]에서 언급했듯, 이성이 참된 것을 찾아 길을 조금이라도 더듬는 것은 지금 문제가 되는 것과 같은 어려움 — 그런 기이함 — 그런 울퉁불퉁함 — 일상적인 평면 위로 불거진 그런 돌출부 — 에 의해서다. 지금 제시된 어려움 — '기이함' — 에 의해 나는 단번에 바로 그 비밀로 도약한다 — 기이함과 **기이함이라는 성격 그 자체에서** 비롯한 추론이 **없었다면** 나는 그 비밀을 결코 얻지 못했을지도 모른다.

생각의 과정을 이 시점에서 다음과 같이 대략적으로 그려 볼 수 있을 것이다 — 나는 혼잣말을 한다 — "합일은 내가 설명한 대로라면 진리다 — 나는 이것을 느낀다. 확산은 진리다 — 나는 이것을 본다. 복사는 이 두 진리를 유일하게 화해시킬 수 있으므로, 결론적으로 진리다 — 나는 이것을 지각한다. 확산의 **균등성**은 처음에 **아 프리오리**로 연역되었다가 다음에 현상을 관찰함으로써 확증되었는데, 이 또한 진리다 — 나는 이것을 전적으로 받아들인다. 지금까지 내가 말한 것은 모두 명백하다 — **바로 그** 비밀을 — 중력이 작용하

35 〈모르그 가의 살인〉.

는 **모두스 오페란디**의 거대한 비밀을 — 가리는 구름은 어디에도 없다 — 이 비밀은 **바로 여기** 더없이 확고하게 놓여 있으며, **만일** 구름이 한 점이라도 눈에 들어온다면 나는 그 구름을 의심해야 마땅하다." 지금 내가 이 말을 하는 순간, 정말로 구름 한 점이 눈에 들어온다. 이 구름은 나의 진리인 **복사**를 나의 진리인 **확산의 균등성**과 조화시키기가 불가능해 보인다는 것이다.[36] 이제 내가 말한다 — "이 **표면상의** 불가능성 이면에서 내가 바라는 것이 발견될 것이다." 내가 '**실제** 불가능성'이라고 말하지 않는 것은, 나의 진리에 대한 확고한 신념으로 이것이 단순한 난제에 불과하다고 확신하기 때문이며 — 이어서 불굴의 자신감을 품고서 말하노니, 이 **난제**가 해소될 때 우리는 우리의 목표인 비밀의 열쇠를, **풀이 과정에 감싸인 채로** 찾아낼 것이다. 게다가 — 나는 우리가 난제에 대해 가능한 해답을 **단 하나만** 발견할 것임을 **느낀다**. 그것은, 해답이 둘이라면 하나는 잉여적일 것이고 — 무익할 것이고 — 공허할 것이고 — 그 안에는 어떤 열쇠도 들어 있지 않을 것이기 때문이다 — 자연의 어떤 비밀에도 두 개의 열쇠가 필요할 수는 없으므로.

이제, 살펴보자 — 복사에 대한 우리의 일반적 개념들은 — 실은 복사에 대한 우리의 **모든** 별개의 개념들은 — 우리

36 지구가 우주의 중심이 아닌 한 복사의 결과가 우리의 시점에서 균등하게 보일 수 없다.

에게 빛으로 예시되는 과정만으로도 설명할 수 있다. 빛줄기는 연속적으로 쏟아져 내리며, 그 힘은 전혀 변하지 않는다(적어도 우리에게는 그렇게 가정할 권리가 전혀 없다). 그렇다면 이와 같은 — 연속적이고 힘이 불변하는 — 복사가 일어날 경우, 중심에서 가까운 곳에 복사한 물질이 먼 곳에 비해 필연적으로 언제나 더 빽빽할 수밖에 없다. 하지만 내가 가정한 복사는 결코 이와 같은 것이 아니다. 내가 결코 연속적 복사를 가정하지 않은 이유는 간단하다. 첫째, 이렇게 가정하려면 별우주의 절대적 무한성이라는 관념을 받아들여야 하는데, 어떤 사람도 이 관념에 대해 생각할 수 없음은 이미 밝힌 바 있으며 (뒤에서 더 자세히 설명하겠지만) 창공에 대한 모든 관측이 이 관념을 반박한다. 둘째, 반작용 — 즉, 지금 존재하는 것과 같은 중력 작용 — 을 이해하는 것이 불가능해진다. 행위가 지속되는 동안에는 당연히 어떤 반작용도 일어날 수 없기 때문이다. 그렇다면 나의 가정은, 아니 정당한 전제에서 도출된 필연적 추론은 — 복사가 한정적이며 — 결국은 중단된다는 것이다.

이제 물질이 복사의 조건과 전반적으로 균등한 분포의 조건이 한꺼번에 충족되도록 공간에 확산할 수 있었으리라 상상할 수 있는 유일하게 가능한 방식을 서술해보겠다.

설명의 편의를 위해 우선 유리로 — 재료는 무엇이든 상관없다 — 만든 속이 빈 구가 공간을 차지하고 있고, 이 구 전체에 우주 물질이, 구의 중심에 위치한 절대적이고 무연하고 무조건적인 입자로부터 복사라는 방식으로 균등하게 확산한다고 상상해보자.

이제 확산력(거룩한 결의로 추정된다)—달리 표현하자면 어떤 힘으로, 그 크기는 방출되는 물질의 양을—말하자면 원자의 개수를—나타낸다—이 일정하게 발휘되어 복사에 의해 이 특정 개수의 원자를 방출하되, 중심으로부터 바깥의 모든 방향으로 밀어내는데—원자들은 앞으로 나아갈수록 서로 멀어지다가—마침내 구의 안면內面에 듬성듬성하게 분포한다.

이 원자들이 이 위치에 도달하면, 또는 이 위치에 도달하려고 나아가는 동안 같은 힘이 두 번째로 처음보다 약하게—또는 성격이 같은 두 번째의 약한 힘이—발휘되어, 같은 방식으로—말하자면 이전처럼 복사에 의해—원자들을 방출하여 첫 번째 층 위에 두 번째 층을 쌓는다. 원자의 개수는, 앞서와 마찬가지로 이 경우에도 물론 원자들을 방출한 힘의 크기를 나타낸다. 말하자면 힘은 실현하려는 목적에 정확히 맞춰져 있으며—이 힘과 이 힘에 의해 내보내지는 원자들의 개수는 **정비례**한다.

이 두 번째 층이 목적지에 도달하면—또는 목적지에 접근하는 동안—같은 힘이 세 번째로 더 약하게, 또는 성격이 같은 세 번째의 더 약한 힘이 발휘되어—방출되는 원자의 개수는 **모든** 경우에 힘의 크기를 나타내는데 — 원자들을 방출하여 두 번째 층 위에 세 번째 층을 쌓으며 — 이런 식으로 계속되면서 이 동심층이 점점 작아지다 마침내 중심에 도달하면, 확산물은 확산력과 동시에 소진된다.[37]

이제 우리는 구를, 복사라는 수단을 통해 고르게 확산한 원자들로 채웠다. 이로써 복사와 균등 확산이라는 두 필요조건이 충족되었으며, **오로지** 이 과정에서만 두 조건이 동시 에 충족될 가능성을 상상할 수 있다. 이런 까닭에 나는 내가 찾는 비밀을 — 뉴턴 법칙의 **모두스 오페란디**에 대한 가장 중요한 원리를 — 원자들이 구 전체에 분포해 있는 현재의 상황 속에 숨어 있는 채로 발견하리라 자신 있게 기대한다. 그렇다면 원자들이 실제로 어떤 상황에 처해 있는지 들여다보자.

원자들은 일련의 동심층에 놓여 있다. 구 전체에 고루 확산해 있으며, 복사를 통해 이 상태가 되었다.

원자들이 **고루** 분포하는 까닭에 이 동심층, 즉 동심구의 표면적이 넓을수록 그 위에 놓인 원자의 개수도 많다. 달리 표현하자면, 임의의 동심구 표면에 놓인 원자의 개수는 그 표면의 넓이에 정비례한다.

하지만 어떤 일련의 동심구에서든, 면적은 중심으로부터의 거리의 제곱에 정비례한다.[38]

37 [원주] 여기서 전체 과정을 하나의 순간적인 찰나로 묘사할 것. — 포의 육필 메모.

따라서 임의의 층에 있는 원자의 개수는 그 층의 중심으로부터의 거리의 제곱에 정비례한다.

하지만 임의의 층에 있는 원자의 개수는 그 층을 방출한 힘의 크기를 나타낸다 — 말하자면 그 힘에 정비례한다.

따라서 임의의 층을 복사시킨 힘은 중심에서 그 층까지의 거리의 제곱에 정비례한다 — 또는 전반적으로 그렇다.

복사의 힘은 거리의 제곱에 정비례했다.

이제 반작용으로 말할 것 같으면, 우리가 조금이라도 아는 바대로 반작용은 작용을 역전시킨 것이다. 중력의 일반 원리는 첫 번째로 작용에 대한 반작용으로서 — 또한 물질이 확산 상태로 존재하는 동안에도 확산의 원천인 합일로 돌아가려는 욕구의 표현으로서 — 이해되며, 두 번째로 정신은 그 욕구의 성격 — 그 욕구가 자연스럽게 표현되는 방식 — 을 결정할 것을 요구받았을 때, 달리 말하자면 복귀를 위한 타당한 법칙, 즉 모두스 오페란디에 대해 상상할 것을 요구받았을 때, 이 복귀 법칙이 출발 법칙을 정확히 거꾸로 뒤집은 것이라는 결론에 도달하지 않을 수 없다. 그럴 리 없다는 타당한 이유를 누군가 내놓기 전에는 — 지성인이 더 선호할 만한 복귀 법칙이 등장하기 전에는 — 누구든 이것을, 적어도, 사실로 간주해도 얼마든지 무방할 것이다.

38 · [원주] 간결하게 표현하자면 — 구의 표면적은 반지름의 제곱에 비례한다.

그렇다면 거리의 제곱에 비례하는 힘으로 공간에 복사하는 물질은 거리의 제곱에 **반비례하는** 힘으로 복사 중심을 향해 돌아간다고 **아 프리오리**하게 가정할 수 있을지도 모른다. 내가 앞에서 밝혔듯[39] 원자들이 왜, 어떤 법칙에 따라서든 전체적 중심을 지향해야 하는지를 설명하는 원리가 있다면, 이것은 그와 동시에 왜 원자들이 같은 법칙에 따라 서로를 지향해야 하는가를 만족스럽게 설명하는 것으로 받아들여야 한다. 전체적 중심을 향하는 성향은 사실 중심 자체를 향하는 것이 아니며, 이런 성향이 나타나는 것은 각 원자가 자신의 진정하고 본질적인 중심인 **합일** — 만물의 절대적이고 최종적인 통일 — 을 가장 직접적인 목표로 삼아 나아갈 때 지향하는 점이 바로 전체적 중심이기 때문이다.

여기에 관계된 고찰은 내겐 지극히 당연해 보이지만 — 그렇다고 해서 추상적인 것을 다루는 일에 덜 익숙한 사람들에게 이것이 막연해 보일 수도 있음을 내 모르는 바는 아니기에 — 전체적으로 이 문제를 한두 가지 다른 관점에서 바라보는 것도 괜찮을 것이다.

하느님의 결의에 의해 일차적으로 창조된 절대적이고 무연한 입자는 긍정적 **정상성**, 즉 옳음이라는 조건에 처해 있었음이 틀림없다 — 그름은 **관계**를 내포하기 때문이다. 옳음

39 [원주] 58~59쪽.

은 긍정적이고, 그름은 부정적이며 — 옳은 것의 부정에 불과하다. 이것은 차가움이 뜨거움의 부정이고 — 어둠이 빛의 부정인 것과 같다. 어떤 것이 그르려면, 무언가가 있어서 그것과의 관계에서 글러야 한다 — 그것이 충족하지 못하는 어떤 조건, 그것이 위반하는 어떤 법칙, 그것이 괴롭히는 어떤 존재가 있어야 하는 것이다. 어떤 것을 그르게 하는 존재나 법칙, 조건이 없다면 — 더 구체적으로 말하자면 존재나 법칙, 조건이 아예 없다면 — 그것은 그를 수 없으며 따라서 옳아야 한다. 정상성에서 벗어난 것은 무엇이든 정상성으로 돌아가려는 성향이 있다. 정상으로부터의 — 옳은 것으로부터의 — 바른 것으로부터의 — 다름은 어려움을 이겨냄으로써만 실현되는 것으로 이해할 수 있기에, 어려움을 이겨내는 힘이 무한히 지속되지 않으면 뿌리 깊은 복귀 성향은 결국 스스로를 만족시키기 위해 작용하는 것이 허용될 것이다. 힘이 거둬들여지면 성향이 작용한다. 이것이 유한한 행위의 필연적 결과로 반작용이 일어나는 원리다. 실감 나는 표현을 위해 작위적 문구를 독자께서 양해해준다면, 우리는 반작용을 현재이자 지양의 조건에서 원래의 과거이자 따라서 당위의 조건으로 돌아가는 것이라고 말할 수 있으며 — 여기에 한마디 덧붙이자면 반작용의 절대적 힘이 언제나 원래의 실제 — 진리 — 절대성과 — 이것을 측정하는 일이 만에 하나 가능하다면 — 정비례하는 것으로 나타날 것임은 의심할 여지가 없다 — 따라서, 상상할 수 있는 모든 반작용 중에서 가장 대단한 것은 우리가 지금 논의하는 성향 — **절대적 근원으로** — **지고의** 태초로 — 돌아가려는 성향 — 에 의해 생겨나는 반작용이다. 그렇다면 중력은 **힘들 중에서 가장 큰 힘이어야 한**다 — 이 개념은 **아 프리오리**하게 도출되며 귀납에 의해 얼마든지 확인된다. 내가 이 개념을 어떻게 활용하는가는 뒤에서 보게 될 것이다.

원자는 이제 합일의 정상적 조건으로부터 확산한 뒤에 돌아가고자 한다 — 과연 무엇으로? 특정한 **점**으로 돌아가지 않는다는 것은 분명하다. 왜냐하면 만일 확산이 일어나고서 물질의 우주 전체가 복사 원점으로부터 일정 거리만큼 고스란히 이동했더라도, 구 전체의 중심으로 돌아가려는 원자의 성향은 조금도 방해받지 않았을 것이기 때문이다 — 원자들은 자신이 원래 있던 **절대 공간에서의** 점을 추구하지 않았을 것이다. 이 원자들이 재확립하고자 하는 것은 **조건**일 뿐, 이 조건이 시작된 점이나 장소가 아니다 — 원자들이 욕망하는 것은 **자신의 정상성과 일치하는 조건**에 지나지 않는다. 이런 반론이 있을 수 있겠다. "하지만 원자들이 추구하는 건 중심이며 중심은 점이다." 그렇긴 하지만, 원자들이 이 점을 찾는 것은 점이라는 성질 때문이 아니라 — (구 전체가 원래 위치에서 옮겨졌더라도 원자들은 똑같은 방식으로 중심을 추구할 것인데, **그때의** 중심은 새 점일 것이기 때문이다) — 원자들이 집합적으로 존재하는 형태 때문에 — 문제의 점 — 구의 중심 — 을 통해서만 원자들이 자신의 참된 목표인 합일을 달성할 수 있기 때문이다. 중심 방향에서 각 원자는 나머지 어느 방향에서보다 많은 원자를 감지한다. 각 원자가 중심을 향해 이끌리는 것은 나머지 어느 직선에 비해 자신과 중심을 지나 반대쪽 원둘레까지 이어지는 직선 위에 놓인 원자가 더 많고 — 그것을, 개별 원자를 추구하는 물체가 더 많고 — 합일을 지향하는 성향의 개수가 더 많고 — 합일 성향을 만족시키는 횟수가 많기 때문이니 — 한마디로 중심 방향에 자신의 개별적 욕구를 전반적으로 충족할 최고의 가능성이 놓여 있기 때문이다. 간단히 말하자면, 그 조건인 합일이야말로 진실로 추구되는 모든 것이며, 설령 원자들이 구의 중심을 추구하는 것처럼 보이더라도, 그것은 간접적으로, 함축을 통해서만 그렇게 보이는 것일 뿐이다 — 즉, 그런 중심이 공교롭게도 유일한 본질적 중심인 합일을 함축하거나 포함하거나 아우르기 때문이다. 하지만 이 함축이나 내포 때문에 추상적 합일을 지향하는 성향을 구체적 중심을 지향하는 성향과 구분하는 것은 현실적으로 불가능하다. 그리하여 원자들이 전체적 중심을 향하는 성향은, 모든 현실적 취지와 모든 논리적 목적에 비추어 보건대 서로가 서로를 지향하는 성향이고, 서로가 서로를 지향하는 성향은 중심을 향하는 성향이며, 한 성향을 다른 성향으로 간주해도 무방할 것이고,

하나에 적용되는 것은 무엇이든 다른 하나에 속속들이 적용될 수 있어야 하며, 결론적으로 하나를 만족스럽게 설명하는 원리가 다른 하나도 설명한다는 것은 의문의 여지가 없다.

내가 내놓은 주장에 대해 합리적 반론을 찾으려고 주위를 유심히 둘러보아도 **무엇 하나** 찾을 수 없긴 하지만 — 의심을 위한 의심을 하는 자들이 으레 내세우는 부류의 반론 중에서 **세 가지**가 문득 떠오르는데, 이것들을 하나씩 논파해 보겠다.

첫째, 이런 반론이 있을 수 있겠다. "복사의 힘이 (앞서 서술한 사례에서) 거리의 제곱에 정비례한다는 증명은 근거 없는 가정 — 각 층에 있는 원자의 개수가 원자들이 방출된 힘을 나타낸다는 가정 — 을 토대로 삼는다."

나의 대답은, 나에게 그런 가정에 대한 근거가 있을 뿐 아니라, 나머지 모든 가정이야말로 근거 **없는** 가정이라는 것이다. 내가 가정하는 것은, 간단히 말하자면 결과가 원인의 크기를 나타낸다는 것 — 거룩한 의지는 매번 발휘되어야 하는 만큼 발휘되리라는 것 — 전능의, 또는 전지의 수단이 그 목적에 정확히 부합하리라는 것 — 이다. 원인이 모자라거나 남으면 아무런 결과도 내지 못한다. 임의의 층을 그 위치에 복사한 힘이 그 목적에 필요한 것보다 크거나 작았다면 — 말하자면 목적에 **정비례**하지 않았다면 — 그 층은 복사하고자 하는 위치에 복사할 수 없었을 것이다. 각 층에 분포의 전반적 균등성을 염두에 두고서 알맞은 개수의 원자를 방출한 힘의 크기가 원자 개수에 정비례하지 않았다면, 그 개수는 고른 분포에 필요한 개수가 아니었을 것이다.

두 번째로 가정해볼 수 있는 반론은 답변이라고 이름 붙이는 게 좀 더 낫겠다.

모든 물체가 움직이려는 충동이나 성질을 받으면, 다른 힘에 의해 휘어지거나 정지하기 전까지는 원래 힘이 가해진 방향을 향해 일직선으로 움직인다는 것은 누구나 받아들이는 역학적 원리다. 그렇다면 움직임의 중단을 설명할 수 있을 두 번째 힘이 상상적 성격 이상으로는 전혀 존재하지 않는 상황에서, 나의 첫 번째 또는 바깥쪽 원자 층이 상상 속 유리구의 표면에 도달했을 때 움직임을 중단하는 것을 어떻게 이해해야 하느냐고 물을 수 있을 것이다. 나의 답변은 반론이 이 경우에 실은 (반론하는 쪽의) '근거 없는 가정' — 그 무엇에든 어떤 '원리'도 존재하지 않는 시대에 역학에 원리가 존재한다는 가정 — 에서 비롯했다는 것이다 — 나는 '원리'라는 단어를 물론 반론하는 사람이 이해하는 의미로 쓰고 있다.

'태초에' 우리가 받아들일 수 있는 — 실제로 이해할 수 있는 — 것은 제1 원인 — 참으로 궁극적인 원리 — 신의 결의뿐이다. 원초적 행위 — 합일로부터의 복사 — 는 세상이 지금 '원리'라고 부르는 모든 것과는 틀림없이 별개였을 것이다 — 우리가 원리라고 규정하는 것은 모두 원초적 행위에 대한 반작용의 결과에 불과하기 때문이다 — 내가 '**원초적**' 행위라고 말하는 것은, 절대적 물질 입자의 창조를 일상적 의미에서의 '**행위**'라기보다는 **착상**으로 보는 것이 더 적절하기 때문이다. 따라서 우리는 원초적 행위를 우리가 지금 '원리'라고 부르는 것을 확립하기 위한 행위로 보아야 한다. 하지만 이 원초적 행위 자체는 **지속적 결의**로 간주해야 한다. 하느님의 생각은 확산을 개시한다고 — 확산을 진행한다고 — 확산을 규율한다고 — 마지막으로, 확산이 종결되었을 때 그로부터 물러난다고 이해해야 한다. **그런 다음** 반작용이 시작되며, 반작용을 통해 '원리'가, 이 단어에 대해 우리가 이해하는 의미로서 시작된다. 하지만 이 단어를 적용하는 것은 거룩한 결의의 중단으로 인한 두 가지 **직접적** 결과 — 즉, 두 동인動因인 **끌어당김**과 **밀어냄** — 에 국한하는 것이 바람직할 것이다. 나머지 모든 자연적 동인은 더 직접적으로든 덜 직접적으로든 이 두 가지 동인에 의해 좌우되며, 따라서 **버금** 원리로 규정하는 게 더 간편할 것이다.

셋째, 내가 원자와 관련하여 제시한 독특한 분포 형태가 일반적으로 '가설에 불과하다'는 반론이 있을 수 있겠다.

이제 나는 가설이라는 단어가 크고 묵직한 해머라는 것을 안다. 어떤 명제가 무엇에 대해서든 **이론**이라는 의복을 걸치고 처음 등장했을 때 모든 자질구레한 사상가들이 대뜸 들어올리거나, 하다못해 손에 쥐기라도 하는 연장인 것이다.

하지만 '가설'이라는 해머를 들어올리는 데 성공한 사람들 조차도 — 조무래기이든 거물이든 — 여기서 그것을 휘둘러서는 어떤 유익도 거둘 수 없다.

나의 주장은, 첫째, 복사라는 조건과 전반적으로 고른 분포라는 조건이 동시에 충족되도록 물질이 확산할 수 있었다는 상상은 앞에서 서술한 방식으로만 가능하다는 것이다. 나의 주장은, 둘째, 이 조건들 자체가 유클리드 기하학에서의 증명만큼이나 엄밀하게 논리적인 추리의 연쇄를 통해 필연적 귀결로서 도출되었다는 것이다. 나의 주장은, 셋째, '가설' 비판이 실제로는 보전될 수 없고 성립할 수 없지만, 설령 온전히 보전되더라도 내 결론의 타당성과 명백함은 털끝만큼도 흔들리지 않으리라는 것이다.

설명하자면 — 뉴턴 중력 — 자연 법칙 — 정신병원에서 나온 사람이 아니라면 누구도 그 존재를 의심하지 않는 법칙 — 우주 현상 중 열의 아홉을 설명할 수 있는 법칙 — 이런 현상을 설명할 수 있게 해준다는 이유만으로 다른 어떤 고찰에도 기대지 않고서 덥석 받아들일 법한, 또한 받아들이지 않을 수 없는 법칙 — 그럼에도 그 원리도, 그 원리의 모두스 오페란디도 아직 단 한 번도 인간의 분석에 의해 규명된 적 없는 법칙 — 한마디로 세부적 측면에서든 일반적 측면에서든 설명의 여지가 전혀 없는 것으로 판명된 법칙 — 이 마침내 모든 점에서 속속들이 설명될 수 있기 위해 우리가 반드시 동의해야 하는 것이 — 뭐라고? 가설이라고? 왜냐면 **만일** 어떤 가설이 — 만일 가장 하찮은 가설이 — 만일 그 가설이 — 그 가정에 대해 그 **순수한** 가설인 뉴턴 법칙 자체의 경우에서처럼 — **아 프리오리** 논증의 어떤 그림자도 부여받을 수 없는 가설이 — 만일 어떤 가설이, 이 모든 것이 암시하듯 그렇게 절대적인 가설이 우리로 하여금 뉴턴 법칙에 대한 원리를 인식할 수 있게 한다면 — 중력이 우리에게 들려주는 관계들에 결부된 것만큼 기적적으로 — 형언할 수 없이 — 복잡하고 양립할 수 없어 보이는 조건들을 충족된 것으로서 이해할 수 있게 해준다면, 어떤 이성적 존재가 이 절대적 가설조차도 가설이라고 부를 정도로 — 사실 자신이 예전에 그렇게 불렀다는 걸 깨닫고서, 단지 **언어적** 정합성을 위해 계속해서 그렇게 부르겠다고 고집하는 게 아니라면 — 자신의 어리석음을 드러낼 수 **있겠는가**?

하지만 우리의 현재 사례가 처한 진짜 상태는 무엇일까? **사실**이란 무엇일까? 그것은 당면 원리를 설명된 것으로서 받아들이기 위해 **받아들여야** 하는 가설이 **아닐** 뿐 아니라, 우리가 그것을 회피할 수 있다면 받아들이지 **말아야** 할 — **부정할 수 있다면 부정하라고** 권고받는 — 논리적 결론 — 논리적으로 하도 정확해서 논박하기 힘겹고 — 그 타당성을 의심하기엔 우리가 역부족인 — 결론 — 사방을 둘러보아도 탈출구가 전혀 없는 — 이것은 중력 법칙의 현상들에서 출발한 **귀납법**

적 여정의 끝에서, 또는 상상할 수 있는 모든 가정 중에서 가장 엄격히 단순한 가정 — **한마디로, 단순함 자체의 가정** — 에서 출발한 **연역**법적 경로의 종점에서 우리를 맞이하는 결과 — 결론 — 이다.

만일 여기서 누군가 단지 트집을 잡기 위해, 나의 출발점이 내가 단언하듯 절대적 단순함이라는 가정이더라도 단순함은 그 자체로만 놓고 보면 결코 공리가 아니며, 공리에서 연역된 명제만이 명백하다고 주장한다면 — 나는 아래와 같이 답한다 — 논리학을 제외한 모든 학문은 구체적 관계를 다루는 학문이다. 이를테면 산학算學은 수의 관계를 다루는 학문이고 — 기하학은 형태의 관계를 — 수학 일반은 증가시키거나 감소시킬 수 있는 모든 — 양 일반의 관계를 — 다루는 학문이다. 하지만 논리학은 추상적 관계를 — 절대적 관계를 — 그 자체로만 고찰되는 관계를 — 다루는 학문이다. 따라서 논리학을 제외한 모든 학문에서의 공리는 논박하기엔 너무 명백해 보이는 구체적인 관계들을 — 이를테면 전체가 부분보다 크다고 말하는 것처럼 — 진술하는 명제에 불과하다 — 또한 따라서 **논리학적** 공리의 — 말하자면 추상적인 것에 대한 공리의 — 원리는 간단히 말해서 **관계의 명백함**이다. 이제 분명한 것은 어떤 정신에게 명백한 것이 다른 정신에게는 명백하지 않을 수도 있다는 것만이 아니라, 어떤 시대에 어떤 정신에게는 명백한 것이 다른 시대에는 똑같은 정신에게 결코 명백하지 않을 수도 있다는 것이다. 게다가 오늘은 인류 대다수에게조차 또는 인류 중 최고 지성의 대다수에게 명백한 것이 내일은 어느 쪽 대다수에게든 더 명백하거나 덜 명백할 수도 있고, 전혀 명백하지 않을 수도 있다. 그렇다면 **공리의 원리** 자체가 변동을 겪을 수 있고, 물론 공리 자체도 비슷한 변화를 겪을 수 있음을 알 수 있다. 공리가 가변적이라면 그로부터 생겨나는 '진리'도 가변적일 수밖에 없고, 달리 말하자면 결코 진리로서 확고하게 의존할 수 없는데—이는 진리와 불변성이 하나이기 때문이다.

어떤 공리적 개념도—관계의 명백함이라는 가변적 원리에 근거한 어떤 개념도 **다음** 개념만큼—철저히 **무**연하고—크든 작든 관계의 **어떤 명백함**도 고찰을 위해 이해하라며 제시하지 않을 뿐 아니라, 지성으로 하여금 **어떤 관계도** 들여다보는 것조차 전혀 필요하지 않게 하는 개념만큼—(그것이 무엇이든, 어디서 찾을 수 있든, 어디서든 찾는 것이 현실적으로 가능하든)—이성에 의해 건축된 어떤 건축물의 토대로서든 탄탄하고—믿음직한 토대가 될 수 없음을 이젠 쉽게 이해할 수 있을 것이다. 그런 개념이 비록 우리가 너무 경솔하게 '공리'로 지칭하는 것은 아닐지라도, 논리학적 토대로서는, 적어도 지금껏 주창된 어떤 공리보다, 상상 가능한 모든 공리를 합친 것보다 바람직하다—나의 연역 과정이 귀납에 의해 철저히 확증되면서 시작되는 출발점은 바로 이 개념이다. 나의 **참입자는 절대적 무연성**無緣性일 뿐이다.

여기서 전개한 논리를 요약하자면 — 내가 출발점으로서 당연하게 받아들인 것은, 간단히 말해서 그저 태초의 뒤나 전에는 아무것도 없었다는 것 — 태초는 정말로 시작이었다는 것 — 태초는 시작이었으며 시작과 전혀 다르지 않았다는 것 — 한마디로 이 태초는 — **말 그대로 태초**였다는 것이다. 이것이 '한낱 가정'이라면 더는 할 말이 없다.

이 갈래의 주제를 마무리하자면 — 우리가 습관적으로 중력이라고 부른 법칙이 존재하는 것은 물질이 기원할 때 하나의 개별적이고, 무조건적이고, 무연하고, 절대적인 참입자로부터, 복사라는 조건과 구 전체에 대해 전반적으로 고른 분포라는 조건을 동시에 충족할 수 있는 유일한 과정으로써 — 말하자면 각각의 복사하는 원자와 복사의 입자 중심 사이의 거리의 제곱에 정비례하여 변하는 힘에 의해 — 유한한[40] **공간의 구 안으로, 원자 상태로 복사했기 때문**이라고 단언하는 것은 지극히 타당하다.

물질이 연속적이거나 무한히 계속되는 힘에 의해서가 아니라 한정적 힘에 의해서 확산했다고 가정하는 내 나름의 이유는 이미 제시한 바 있다. 이 힘이 연속적이라고 가정한다면, 우리는 첫 번째로 반작용을 전혀 이해할 수 없으며, 두 번

40 [원주] 구는 **필연적으로** 유한하다. 나는 오해의 소지를 감수하느니 차라리 동어 반복을 선택하겠다.

째로 물질의 무한한 연장이라는 불가능한 관념을 궁구해야만 한다. 물질의 무한한 연장이라는 개념은, 이 관념이 불가능하다는 것은 제쳐두고 실증적으로는 반박되지 않는다 하더라도, 적어도 별들에 대한 망원경 관측에서는 어떤 측면에서도 근거를 찾을 수 없다 — 이 논점은 이후에 더 상세하게 설명할 텐데, 물질이 근원적으로 유한하다고 믿어야 할 이 경험적 이유는 경험적이지 않은 근거로 확증된다. 이를테면 — 복사하는 원자들이 공간을 **가득 채우고 있다고** 이해할 가능성을 잠정적으로 인정한다면 — 말하자면 복사하는 원자들의 연쇄에 절대적으로 **끝이 없다**고, 논의를 위해 우리가 할 수 있는 만큼 인정한다면 — 그렇다면 하느님의 결의가 원자들로부터 거둬들여지고, 그럼으로써 원자들이 합일로 돌아가려는 성향을 충족해도 좋다고 (추상적으로) 허락받았을 때조차 이 허락이 무익하고 무용하고 — 사실상 무가치하고 아무짝에도 쓸모가 없었을 것임은 더없이 분명하다. 어떤 반작용도 일어날 수 없었을 것이고, 합일을 향한 어떤 움직임도 나타날 수 없었을 것이고, 어떤 중력 법칙도 생겨날 수 없었을 것이다.

설명하자면 — 한 원자가 다른 원자를 지향하는 **추상적** 성향이 정상적 합일로부터의 확산으로 인한 필연적 결과임을 받아들인다면 — 또는, 똑같은 말이지만 임의의 원자가 임의의 방향으로 움직이려는 **의도**를 가졌음을 인정한다면 — 움직이려는 의도를 가진 원자의 사방에 무한한 원자들이 있기에, 임의의 방향을 향하는 성향을 충족하기 위해 실제로 움직이는 것은 불가능한데, 그것은 정반대 방향으로도 정확히 똑같은 성향이 존재하여 이를 상쇄하기 때문이다. 달리 말하자면, 합일을 향하는 성향의 개수는 주저하는 원자 앞에서나 뒤에서나 똑같다. 한 무한한 선이 다른 무한한 선보다 길거나 짧다고 말하는 것, 또는 한 무한한 수가 다른 무한한 수보다 크거나 작다고 말하는 것은 한낱 허튼소리이기 때문이다. 그러므로 문제의 원자는 영영 가만히 있을 수밖에 없다. 단지 논의를 위해 상상해본 이 불가능한 상황에서는 어떤 물질 덩어리도—어떤 별도—어떤 세계도—영영 원자 상태이며 무의미한 우주 말고는 그 무엇도—존재할 수 없다. 사실 우리의 관점에서 본다면, 무한한 물질이라는 개념 전체가 불성립할 뿐 아니라 불가능하고 불합리하다.

하지만 원자들이 구를 이루고 있음을 이해하면, 합일 성향이 충족될 수 있음을 단번에 간파할 수 있다. 서로가 서로를 향하는 성향의 총체적 결과는 모든 것이 중심으로 향하는 성향이기 때문에, 거룩한 결의가 거둬들여지면 응축, 즉 근접의 총체적 과정이 공통적이고 동시적인 운동에 의해 즉각적으로 개시되며, 원자와 원자의 (융합이 아니라) 개별적 근접 또는 유착이 시간, 정도, 조건의 거의 무한한 변동에 따라 달라지는 것은 관계의 과도한 다양성 때문인데, 이런 다양성이 생기는 이유는 원자들이 참입자를 떠나는 순간에 저마다 다른 형태를 부여받는 것 때문이기도 하고, 그 뒤에 서로 간의 거리가 제각각 다르기 때문이기도 하다.

독자에게 강조하고 싶은 것은, 형태, 크기, 기본 성질, 서로 간의 거리 등의 무수한 구체적 차이로 특징지어지는 무수한 응집이 앞에서 설명한 원자들의 조건으로부터 한꺼번에 (확산력, 즉 거룩한 결의가 거둬들여지는 순간에) 생겨난다는 것이 확실하다는 사실이다. 밀어냄(전기)의 진행은 물론 아주 초기의 특수한 합일 시도와 더불어 시작한 것이 분명하며, 유착에 비례하여 — 말하자면 **응축**에, 또는 다시 말하지만 이질성에 비례하여 — 끊임없이 진행했음이 틀림없다.

그리하여 **끌어당김과 밀어냄** — 물질적인 것과 정신적인 것 — 이라는 두 참원리는 가장 엄격한 동료애를 발휘하며 영원히 동행한다. 그리하여 **육체와 영혼은 손을 맞잡고 걷는다.**

만일 지금 상상 속에서 우주적 구 전체를 통틀어 원초적 단계에 있다고 간주되는 응집 중 **아무거나 하나를** 골라, 이 갓 탄생한 응집이 우리 태양의 중심이 존재하는 — 또는 태양은 끊임없이 위치를 바꾸므로 처음에 존재**했던** — 점에서 일어난다고 가정하면, 우리는 적어도 당분간은 가장 장엄한 이론 — 라플라스의 우주 성운 기원설 — 을 맞닥뜨리고 그쪽으로 나아가게 될 것이다 — 하지만 '우주 기원설'이라는 용어는 라플라스가 실제로 논의하는 것을 — 즉, 우리 태양계의 — 참우주 — 그 우주적 구 — 나의 현재 논의 주제인 포괄적이고 절대적인 **코스모스** — 를 이루는 무수한 비슷한 태양계 중 하나의 — 구성을 — 포괄하기에는 너무 두루뭉술하다.

자신을 **명백히 제한된** 구역 — 우리 태양계 및 상대적으로 인접한 구역 — 에 한정하고, 내가 가정보다 더 안정된 토대에 놓으려고 방금 시도한 것의 **상당수**를 **단지** 가정하고서 — 말하자면 연역적이든 귀납적이든 어떤 근거도 없이 가정하고서, 이를테면 물질을 우리 태양계가 차지하는 공간 전체에, 또한 어느 정도 그 너머까지 확산한 것으로 — 이질적 성운 상태로 확산하여 우리가 그 원리를 감히 짐작할 수 없는 보편적 중력 법칙을 따르는 것으로 — (확산을 설명하는 척하지 않는 채) 가정하고서 — 이 모든 것(적잖이 옳은 가정이긴 하지만, 라플라스는 여기에 대해 논리적 권리가 전혀 없다)을 가정하고서, 라플라스는 그런 경우에 필연적으로 따르는 결과가 태양계 자체의 실제 현황에서 우리가 보고 있는 바이고 이것이 전부임을 역학적으로 또한 수학적으로 밝혀냈다.

설명하자면 — 우리가 방금 이야기한 **바로 그** 특정 응집 — 우리 태양의 중심으로 규정한 점에 있는 응집 — 이 훌쩍 진행되어 막대한 양의 성운 물질이 대략적인 구형을 이루었는데, 그 중심은 물론 현재의 또는 원래의 태양 중심과 일치하며, 그 주변은 우리의 행성 중에서 가장 먼 해왕성의 궤도 너머까지 뻗어 있다고 상상해보자 — 달리 말하자면, 이 대략적인 구의 지름이 약 60억 마일(약 100억 킬로미터)이라고 가정해보자. 이 물질 덩어리는 누대에 걸쳐 응축을 겪다가 마침내 우리가 상상하는 규모로 줄어들었다. 감지할 수 없는 원자 상태에서 출발하여 우리가 이해하기로 눈에 보이거나 만질 수 있거나 다른 식으로 감지할 수 있는 성운 상태로, 물론 점진적으로 진행한 것이다.

이제 이 덩어리의 조건으로 보건대 상상의 축을 중심으로 자전이 일어나고 있음을 알 수 있다 — 이 자전은 응집의 절대적 시초에 시작되어 그 뒤로 줄곧 속력이 빨라졌다. 정반대는 아닌 지점에서 서로 접근하다 맨 처음 만난 두 개의 원자는 서로를 부분적으로 스쳐 지나가며, 앞에서 설명한 회전 운동을 위한 핵을 형성한다. 이것이 어떻게 속력을 증가시키는가는 쉽게 알 수 있다. 두 원자에 다른 원자들이 합류하여 — 응집이 형성된다. 덩어리는 자전하면서 계속 응축한다. 하지만 가장자리에 있는 원자는 중심에 더 가까운 원자보다 당연히 더 빨리 움직인다. 그러나 바깥의 원자는 더 빠른 속력으로 중심을 향해 접근하면서 이 더 빠른 속력을 유지한다. 그리하여 모든 원자는 안쪽으로 이동하여 마침내 응축된 중심에 달라붙으면서 중심의 원래 속력에 자신의 속력을 더한다 — 말하자면 덩어리의 회전 운동을 증가시킨다. 이제 이 덩어리가 정확히 해왕성 궤도로 둘러싸인 공간만 하게 응축했고, 덩어리 표면이 움직이는 속력이 전체적 자전의 경우에 해왕성이 현재 태양을 공전하는 속력과 정확히 같다고 가정하자. 그렇다면 이 시점에 우리는 끊임없이 증가하는 원심력이 증가하지 않는 구심력을 능가하여, 접선 속도가 가장 큰 구의 적도에서 바깥의 덜 응축한 층을, 또는 바깥의 덜 응축한 층 몇 겹을 헐겁게 하여 떼어냄으로써, 이 층들이 적도 지역을 둘러싼 독자적 고리를 본체 둘레에 형성했음을 알게 된다 — 이것은 회전 숫돌의 바깥 부분이 과도한 자전 속도로 인해 떨어져 나와 고리처럼 숫돌을 둘러싸는 것과 마찬가지이며, 표면 재료의 굳기만 다르다. 만일 이 회전 숫돌이 고무이거나 점도가 고무와 비슷한 재료라면, 내가 설명하는 바로 저 현상이 일어날 것이다.

이렇게 성운 덩어리에서 떨어져 나온 고리는 물론 별도의 고리로서 **공전**했으며, 그 속력은 덩어리 표면에서 **자전**할 때의 속력과 같았다. 한편 응축은 여전히 진행되어 방출된 고리와 본체 사이의 간격이 계속 넓어졌으며, 마침내 고리가 본체로부터 멀찍이 떨어지게 되었다.

이제 고리가 이질적 물질들이 배합되다가 우연히 거의 균일한 구성을 취하게 되었다고 가정한다면, 이 고리는 그런 상황**에서는** 결코 본체 주변에서의 공전을 멈추지 않았을 테지만, 능히 예상할 수 있듯 물질이 불규칙하게 배합되어 단단한 중심들 주위로 무리가 형성된 것으로 보이며, 이로 인해 고리 형태가 부서졌다.[41] 의심할 여지없이 띠는 금세 여러 부분으로 부서졌는데, 이 부분들 중 하나가 질량에서 우위를 차지하여 나머지를 흡수함으로써 전체가 공 모양으로 자리잡아 행성이 되었다. 이 후자가 행성**으로서** 고리 시절의 특징이던 회전 운동을 계속했다는 것은 더없이 분명하며, 구라는 새로운 조건에서 또 다른 운동을 스스로 받아들였음은 쉽게 설명할 수 있다. 고리가 아직 부서지지 않았다고 가정하면, 우리는 고리 외부가, 전체가 모체를 공전하는 동안 내부보다 더 빠르게 움직인다는 것을 알 수 있다. 그러다 파열이 일어났을 때, 각 조각에서 일부분은 틀림없이 나머지보다 더 빠른 속력으로 움직이고 있었을 것이다. 빠른 운동이 우세해지면서 각 조각을 빙글빙글 돌렸음이 — 말하자면 자전하게 했음이 — 틀림없는데, 자전 방향은 물론 파열이 일어났을 때 공전하던 방향이었을 것이 분명하다. 방금 설명한 것과 같은 자전을 겪게 된 **모든** 조각은 틀림없이, 유착하는 과정에서 자신의 유착으로 인해 생겨난 바로 그 행성에 회전력을 부여했을 것이다 — 이 행성이 바로 해왕성이었다. 앞서 부모구체의 경우와 마찬가지로 해왕성의 물질이 계속해서 응축

41 [원주] 라플라스는 자신의 성운이 이질적이라고 가정했으며, 이것만으로도 고리의 붕괴를 설명할 수 있었을 것이다. 성운 상태가 균질했다면 부서지지 않았을 것이기 때문이다. 나는 순전히 원자의 일반적 설계 — **관계** — 에 대한 **아 프리오리** 고찰로부터 같은 결과 — 이차적 덩어리의 이질성이 원자들로부터 직접 비롯했다는 것 — 에 도달한다.

을 겪다가, 자전으로 인해 발생한 원심력이 마침내 구심력을 이기자 해왕성의 적도 표면에서도 고리가 떨어져 나왔는데 이 고리는 구성이 불균일한 탓에 부서졌으며, 여러 조각들은 질량이 가장 큰 조각에 흡수되면서 공 모양으로 뭉쳐 달이 되었다. 그러고 나서 이 과정이 되풀이되어 두 번째 달이 생겨났다. 이런 식으로 해왕성과 두 위성을 설명할 수 있다.[42]

태양은 적도에서 고리를 떨쳐내어 응축 과정에서 교란된 구심력과 원심력 사이의 평형을 재확립했으나, 응축이 계속해서 진행되면서 자전 속력이 증가한 탓에 평형은 다시 한번 즉각적으로 교란되었다. 덩어리가 천왕성 궤도에 둘러싸인 공 모양 공간을 차지할 만큼 쪼그라들었을 즈음에는 원심력이 훨씬 우세해져 무언가 새로 배출할 필요가 생겼음을 알 수 있다. 그 결과, 앞서 해왕성의 경우와 마찬가지로 두 번째 적도 띠가 불균일성을 입증하며 부서진 채 떨어져 나와 조각들이 천왕성이라는 행성으로 안착했는데, 천왕성이 태양 주위를 실제로 공전하게 된 속력은 물론 분리 순간 태양 적도 표면의 자전 속도와 같다. 천왕성은 앞에서 설명한 것처럼 자신을 구성하게 된 조각들의 집단적 자전으로부터 회전력을 얻어 이 세 고리를 잇따라 떨쳐냈는데, 각 고리는 부서져 달로 안착했다 — 세 개의 달은 각기 다른 시기에 이런 식으로

42 [원주] 이 책이 인쇄되었을 때는 해왕성의 고리가 아직 실증적으로 확인되지 않았다. — 포의 육필 메모.

세 개의 불균일한 고리가 따로따로 파열되고 전반적으로 공 모양으로 바뀌면서 형성되었다.

태양이 토성 궤도에 둘러싸일 만큼의 공간을 차지할 때까지 쪼그라들었을 즈음에는 응축의 결과로 회전 속력이 증가하여 구심력과 원심력의 균형이 다시 교란됨으로써 세 번째 평형 작용이 필요해졌으며, 따라서 고리 모양 띠가 앞서 두 번처럼 불균일성 때문에 쪼개져 떨어져 나와 토성이라는 행성으로 합병되었다. 토성은 처음에는 일곱 개의 균일한 띠를 떨쳐냈는데, 이것들은 쪼개지고서 각각 공 모양으로 바뀌어 일곱 개의 달이 되었으나, 그런 뒤에, 별개이긴 하지만 서로 그다지 멀지 않은 세 번의 시기에 세 개의 고리를 방출한 것으로 보이는데, 이 고리들은 겉보기에는 우연하게도 고르게 구성되어 있어서 파열의 여지가 없었기에 지금껏 고리로서 공전하고 있다. 내가 '**겉보기에는** 우연'이라는 구절을 쓴 것은, 일상적 의미로서의 우연에는 물론 아무것도 결부되어 있지 않기 때문이다 — '우연'이라는 단어는 그 결과를 낳은 법칙을 파악할 수 없거나 즉각적으로 포착할 수 없는 경우에만 타당하게 적용된다.

더욱 쪼그라들어 목성 궤도로 둘러싸인 공간만을 차지하게 된 태양은 이제 자전 속도가 여전히 증가하면서 꾸준히 흐트러진 두 힘의 평형을 회복하기 위해 또 다시 노력해야 한다는 것을 깨달았다. 이에 따라 이번엔 목성이 떨어져 나와 고리 모양에서 행성의 형태로 바뀌었으며, 이렇게 되자 이번에는 자신이 네 번에 걸쳐 네 개의 고리를 떨쳐냈으며, 이 고리들은 각각 굳어져 마침내 네 개의 달이 되었다.

계속해서 쪼그라들어 소행성 궤도로 둘러싸인 공 모양 공간만을 차지하게 된 태양은 이제 고리 하나를 방출했는데 이 고리는 단단한 중심부가 **여덟 개** 있었던 듯하며, 부서지고 나서 여덟 개의 조각으로 분리되었는데, 그중 어느 것도 나머지를 흡수할 만큼 질량이 우세하지 못했다.[43] 따라서 이들 각각은 어엿한 행성이긴 하지만 비교적 작은 행성으로서, 자신들을 뿜어낸 힘의 크기 차이와 대략 비슷한 간격으로 궤도를 이뤄 공전하게 되었다 — 그럼에도 모든 궤도는 나머지 행성들의 궤도에 비하면 **하나**라고 볼 수 있을 만큼 바싹 붙어 있다.

계속 쪼그라든 태양은 이번에는 화성의 궤도를 간신히 채울 수 있을 만큼 작아져 화성을 방출했다 — 물론 앞에서 번번이 설명한 과정을 거쳤다. 하지만 달이 없는 것으로 보건대, 화성은 고리를 하나도 떨쳐내지 못했을 것이다. 사실, 태양계의 중심인 모체는 이제 결정적 국면을 맞았다. 희박도[44]

43 [원주] 이 작품이 출간된 뒤에 또 다른 소행성[원래 판본에서는 여덟 개였다]이 발견되었다. — 포의 육필 메모.

44 'nebulosity'는 '성운 상태'나 '희박도'(희박한 정도)로 해석할 수 있으며, 상황에 맞게 번역했다.

의 **감소**, 즉 밀도의 **증가**, 말하자면 평형의 꾸준한 교란을 일으키던 응축의 **감소**는 — 이 시기가 되자 평형을 회복할 필요성이 감소하는 것에 비례하여 그 효과도 감소하는 단계에 이르렀다. 그리하여 지금까지 이야기한 과정과 관련하여 모든 곳에서 — 첫 번째로는 행성에서, 두 번째로는 원래 덩어리에서 — 고갈의 징후가 나타났을 것이다. 태양에 가까워질수록 행성 간격의 감소가 관찰된다고 해서, 이것이 행성 방출 빈도의 증가를 어떤 식으로든 나타낸다고 가정하는 오류에 빠져서는 안 된다.[45] 오히려 정반대로 이해해야 한다. 시간 간격이 가장 길었던 것은 제일 안쪽에 있는 두 행성이 방출될 때였으며 시간 간격이 가장 짧았던 것은 바깥쪽에 있는 두 행성이 방출될 때였음이 틀림없다. 그럼에도 공간 간격의 감소는 앞에서 설명한 과정 내내 그랬듯 태양의 밀도에 비례하며, 따라서 응축에 반비례한다.

하지만 지구의 궤도만 채울 수 있을 정도로 쪼그라든 모구母球는 자신에게서 또 하나의 천체 — 지구 — 를 떨궈냈는데, 이때의 희박도는 또 다른 천체인 우리의 달을 떼어낼 수준이 었으나 — 달 생성은 이것으로 종료되었다.

마지막으로, 금성과 수성의 궤도까지 짜부라진 태양은 이 두 내행성을 떼어냈는데 둘 다 달을 탄생시키지 못했다.

45 빈도가 증가한다는 것은 시간 간격이 짧아진다는 뜻이다.

이렇듯 원래 크기로부터 — 더 정확히 말하자면 우리가 처음에 살펴본 조건으로부터 — 부분적으로 공 모양이고 지름이 56억 마일을 훌쩍 넘는 것이 분명한 성운 덩어리로부터 — 우리 태양·행성·위성계의 근원인 거대한 중앙 구체가 중력 법칙에 따라 응축되어 지름 88만 2,000마일에 불과한 구로 점차 수축했으나, 그렇다고 해서 응축이 완료되었다거나 또 다른 행성을 떨궈낼 여지가 남아 있지 않으리라는 결론은 결코 도출되지 않는다.

여기서 나는 성운설을 주창자 자신이 구상한 대로 — 물론 개략적이긴 하지만, 어엿한 이론으로 인정받기에 필요한 모든 세부 사항을 포함하여 — 제시했다. 어느 관점에서 보든, 성운설은 아름답도록 참임을 알 수 있다. 실은 너무 아름다워서, 진리가 그 본질로서 깃들어 있지 않을 수 없을 정도다 — 이건 무척 진지하게 말하는 것이다. 천왕성 위성들의 공전 형태가 라플라스의 가정과 일치하지 않아 보이긴 하지만, 수백만 개의 정교한 일치를 통해 구축된 이론이 단 하나의 불일치 때문에 무효가 될 수 있다는 것은 공상가에게나 어울리는 공상이다. 내가 언급하는 표면상의 변칙이 조만간 보편적 가설을 확증하는 가장 확고한 증거가 되리라 자신 있게 예언하는 것은 결코 특별한 신통력이 있어서가 아니다. 이것은 예견하지 않으려야 않을 수 없는 문제다.[46]

앞에서 설명한 과정을 통해 천체들이 떨어져 나오면서, 앞에서 보았듯 이 천체들의 모체였던 구의 표면에서 일어나던 **자전**은 이 구를 중심 삼아 먼 거리에서 일어나는 같은 속력의 **공전**으로 바뀌었으며, 이렇게 생겨난 공전은 구심력, 즉 떨어져 나온 천체가 부모를 향해 이끌리는 힘이, 천체가 떨어져 나온 힘, 즉 원심 속도, 또는 훨씬 적절하게 표현하자면 접선 속도보다 크지도 작지도 않은 한 계속될 수밖에 없다.[47] 하지만 이 두 힘의 기원이 하나라는 사실로부터, 우리는 두 힘이 지금과 같은 상태 — 하나가 다른 하나를 정확히 상쇄하는 것 — 임을 예상할 수 있었을 것이다. 실제로 천체를 떨궈내는 행위는 어떤 경우에든 평형의 유지를 위한 행위에 불과하다는 사실이 밝혀졌다.

하지만 구심력을 보편적 중력 법칙으로 일컬은 뒤로 천문학 연구에서는 한낱 자연의 — 말하자면 제2 원인의 — 한계 너머에서 접선 속도 현상의 해법을 찾는 일이 유행했다. 이 접선 속도를 그들은 제1 원인에 — 하느님께 — 곧장 귀속한다. 천체를 모체 주위로 이동시키는 힘은 신 자신의 — 이 얼마나 유치한 표현인가 — 손가락에 의해 찰나적으로 부여된 충격에서 비롯했다고 그들은 주장한다.[48] 이 관점에서 보자

46 [원주] 천왕성의 위성들이 공중제비 하듯 공전하는 현상은 행성 축이 기울어서 생기는 시점상의 변칙에 불과하다는 것을 나는 얼마든지 입증할 준비가 되어 있다.

47 등속 원운동을 한다는 뜻.

48 하느님이 손가락을 튕겨서 행성들을 궤도에 보내 공전하게 했다는 뜻.

면, 행성들은 완전히 형성된 뒤에 거룩한 손에 의해 팔매질 당해, 태양들 자체의 질량이나 인력과 수학적으로 맞아떨어지는 운동력으로 태양들 주변의 위치에 놓인 것으로 간주된다. 이토록 지독히 비철학적인 — 무기력하게 받아들여지긴 했지만 — 개념이 등장할 수 있었던 것은 중력과 접선력처럼 전혀 별개인 것처럼 보이는 두 힘이 서로 절대적으로 정확하게 맞아떨어지는 현상을 다른 식으로는 설명하기가 까다롭기 때문일 뿐이다. 하지만 달의 자전과 공전 — 방금 살펴본 것보다 훨씬 독립적으로 보이는 두 운동 — 이 일치하는 현상이 오랫동안 말 그대로 기적으로 여겨졌음을 상기하라. 심지어 천문학자들 중에도 이 경이로운 현상을 하느님의 직접적이고 지속적인 행하심 탓으로 돌리려는 사람이 많았다 — 하느님께서 이 경우에 달 뒷면 — 인류의 망원경 관측을 언제나 거부했으며 영원히 거부해야 하는 신비로운 반구 — 의 영광스러운 모습을, 어쩌면 끔찍한 모습을 필멸자의 눈으로부터 영원히 숨기려고, 특별하게 당신의 보편적 법칙들에 몇 가지 부차적 규칙을 끼워넣어야겠다고 생각하셨다는 것이다. 하지만 과학이 발전하면서, 철학적 본능이 입증 없이도 알 수 있었던 것 — 즉, 한 운동이 다른 하나의 일부 — 심지어 결과보다 더 밀접한 무언가 — 일 뿐이라는 사실 — 이 금세 입증되었다.

나로 말할 것 같으면, 그토록 소심하고 그토록 안이하고 그토록 꼴사나운 공상에는 전혀 인내심을 발휘할 수 없다. 이것들은 더없이 비겁한 생각이다. 자연과 자연의 하느님이 별개임은 생각이 있는 존재라면 결코 오랫동안 의심할 수 없다. '자연'이라고 말할 때 우리가 의미하는 것은 '자연의 하느님의 법칙'에 불과하다. 하지만 하느님이 전지전능하시다면 그분의 법칙에는 오류가 있을 수 없다. 그분에게는 과거도 없고 미래도 없으므로 — 그분에게는 모든 것이 현재다 — 그분의 법칙이 모든 가능한 우연에 들어맞도록 고안되지 않았다고 가정하는 것은 그분을 모욕하는 것 아닐까? — 또는, 오히려 모든 가능한 우연에 대해, 그것이 그분의 법칙이 낳은 결과이자 그 발현이라는 것 이외에 어떤 관념을 가질 수 있겠는가? 편견을 벗어버리고 오로지 스스로의 힘으로만 생각할 희귀한 용기를 가지게 될 사람은 결국 법칙들을 대법칙으로 응축하기에 이르지 않을 수 없으며 — 모든 자연 법칙이 모든 측면에서 나머지 모든 법칙에 의존하고 모든 것이 거룩한 결의가 원초적으로 발휘된 결과에 지나지 않는다는 결론에 도달하지 않을 수 없다. 이것이야말로 내가 마땅한 존경심을 오롯이 담아 여기서 과감하게 제시하고 주장하는 우주 기원론의 원리다.

이 견해에서는 접선력이 '하느님의 손가락'에 의해 순간적으로 행성들에 가해졌다는 공상을 경솔한 것으로, 심지어 불경한 것으로 일축하면서, 내가 이 힘이 별들의 자전에서 비롯했고—이 자전이 각각의 응집 중심을 향한 원초적 원자들의 질주에서 비롯했고—이 질주가 중력 법칙의 결과이고—이 법칙이 비입자성으로 돌아가려는 원자들의 성향이 필연적으로 발현되는 방식이고—이 복귀 성향이 최초이자 가장 숭고한 행위에 대한 필연적 반작용에 불과하고—그 행위로 인해 스스로 존재하시고 홀로 존재하시는 하느님께서, 만물이 하느님의 일부가 되는 동안 하느님의 결의를 통해 한꺼번에 만물이 되었다—라고 간주한다는 사실이 밝혀질 것이다.

이 소론의 급진적 가정은 라플라스가 제시한 성운설에 중대한 **변형**이 필요함을 내게 암시한다—실은 내포한다. 척력이 발휘되는 것과 관련하여 나는 이것이 원자들의 접촉을 막으려고 실시된다고, 그리하여 접촉면에 얼마나 접근했는가에 비례하여—말하자면, 응축에 비례하여—실시된다고 간주했다.[49] 달리 말하자면, **전기**는 자신이 결부된 현상인 열, 빛, 자성과 더불어 응축의 진행에 비례하며, 물론 밀도, 또는 **응축의 중지**의 진행에 반비례한다고 이해해야 한다. 이렇듯 태양은 응집 과정에서 조만간 밀어냄을 발생시키다가 과열—아마도 백열[50]하게—되었으며, 우리는 냉각의 결과로 표면에 미세한 껍질이 생기는 각화角化 현상이 어떻게 해서

49 [원주] 87~88쪽.

50 물체가 흰빛이 날 만큼 온도가 높다는 뜻.

고리를 떨궈내는 작용에 물질적 측면에서 틀림없이 보탬이 되었는지 알 수 있다. 방금 언급한 성격을 가진 껍질이 이질성 때문에 내부 덩어리로부터 얼마나 쉽게 분리되는지는 평범한 실험으로 알 수 있다. 하지만 껍질이 잇따라 배출될 때마다 이전만큼 백열하는 새 표면이 나타났을 것이며, 껍질이 쉽게 헐거워져 배출될 만큼 각화 현상이 일어나기까지의 시간 간격은 응축을 통해 교란된 두 힘의 평형을 회복하기 위해 새로운 작용이 덩어리 전체에 필요해지는 시간 간격과 정확히 일치한다고 상상해도 무방할 것이다. 달리 말하자면 — 전기적 효과(밀어냄)가 배출을 위해 표면의 준비를 마쳤을 즈음에는, 끌어당기는 효과(끌어당김)가 표면 배출에 딱 맞는 크기일 것임을 이해할 수 있다. 이렇듯, 어디서나 마찬가지로 여기서도 **육체와 영혼은 손을 맞잡고 걷는다.**

이 개념들은 모든 점에서 경험적으로 확인된다. 응축이 어떤 천체에서든 절대적으로 끝난다고는 생각할 수 없기에, 이 문제를 검증할 기회가 생긴다면 반드시 **모든** 천체 — 달들과 행성들, 그리고 태양들 — 에 발광성이 깃들어 있다는 징후를 발견하게 되리라 예상해도 좋다. 우리의 달이 스스로 강한 빛을 낸다는 사실은 개기 월식 때마다 알 수 있는바, 자기발광성이 없다면 달은 사라져서 보이지 않을 것이다. 달의 어두운 부분에서도 위상 변화 중에 지구의 오로라 같은 섬광이 종종 관찰되는데, 더 지속적인 발광은 논외로 하더라도 지구의 오로라를, 그 밖의 여러 이른바 전기적 현상과 더불어 달 거주자가 본다면 우리 지구에 틀림없이 어느 정도 발광성이 있다고 판단하리라는 것은 꽤 분명하다. 사실 우리는 방금 언급한 모든 현상을, 지구에서 응축이 미미하게 지속되면서 여러 방식과 세기로 드러나는 것에 불과하다고 간주해야 한다.

내 견해에 일리가 있다면, 우리는 오래되고 멀리 있는 행성보다 더 밝은 새 행성들 — 말하자면 태양에 더 가까운 행성 — 을 발견할 각오를 해야 하며 — 금성의 극단적 밝기(위상 변화 중에 어두운 부분에서 오로라가 종종 관찰된다)는 중앙 구체에 가깝다는 사실만으로는 온전히 설명할 수 없는 듯하다. 금성이 화성만큼은 아니지만 스스로 선명한 빛을 낸다는 것은 의심할 여지가 없으며, 반면에 해왕성의 발광은 전무하다시피 할 것이다.

나의 주장을 받아들인다면, 태양이 고리를 방출하는 순간으로부터 표면의 지속적 각화로 인해 태양의 열과 빛이 꾸준히 감소할 수밖에 없다는 것과, 빛과 열 둘 다의 매우 물질적인 감소가 뚜렷해지는 시기 — 새로운 방출 직전의 시기 — 가 도래하리라는 것은 분명한 사실이다. 이제 우리는 그런 변화의 징후가 뚜렷이 나타날 수 있음을 안다. 백 가지 사례 중에서 하나만 들자면, 멜빌섬에서는 초열대성 식생의 흔적이 발견되는데 — 이 식물들은 현재의 지구 표면 어느 곳에 비해서도 훨씬 많은 빛과 열을 우리 태양으로부터 공급받지 않았다면 결코 이처럼 번성하지 못했을 것이다. 이런 식생은 금성이 떨어져 나간 직후의 시기와 관련이 있을까? 이 시기에 우리는 태양의 영향권에 가장 가까이 접근했을 것이 틀림없으며, 실제로 이 영향은 그때 — 물론 지구 자체가 방출되던 시기 — 지구가 갓 조성되던 시기 — 를 논외로 한다면 — 최대에 이르렀을 것이 틀림없다.

다시 말하자면 — 우리는 **빛을 내지 않는 태양들** — 말하자면 다른 태양들의 움직임을 통해 존재가 파악되지만 우리 눈에 보일 만큼 밝지는 않은 태양들 — 이 존재한다는 것을 안다. 이 태양들이 보이지 않는 것은 단지 행성을 방출한 뒤로 시간이 많이 흘렀기 때문일까? 또다시 말하자면 — 이전에 어떤 태양도 발견되리라 예상치 못한 곳에서 태양이 느닷없이 출현하는 현상에 대해, 각각의 태양이 우리 천문학 역사 수천 년 동안 각화한 표면을 지닌 채 회전하다가 새로운 자식뻘 천체를 떨궈내면서 마침내 여전히 백열하는 내면의 영광을 드러낼 수 있게 되었다는 가설로 — 적어도 경우에 따라서는 — 이를 설명할 수 있지 않을까? — 이에 대해서는 우리가 지구 속으로 들어갈수록 열기가 그에 비례하여 증가한다는 확고한 사실을 언급하는 것으로 충분할 것이다 — 이 사실은 현재 논의 중인 주제와 관련하여 내가 말한 모든 것을 더없이 탄탄하게 확증한다.

척력, 즉 전기적 영향에 대해 나는 앞에서 "생기, 의식, 생각의 현상들이, 전체적으로 관찰했을 때든 세부적으로 관찰했을 때든, 적어도 이질성에 비례하여 나타나는 것 같"다고 말했다.[51] 이 주장으로 다시 돌아가겠다고도 언급했는데 — 지금이 그러기에 적절한 시점이다. 이 문제를 우선 세부적으로 살펴보면, 생기의 발현뿐 아니라 그 중요성, 결과, 지위[52]의 격상 등이 동물 구조의 이질성, 즉 복잡성과 보조를 매우 긴밀하게 맞춘다는 것을 알 수 있다. 이제 이 문제를 전체적 측면에서 바라보면서 덩어리를 구성하려는 원자들의 첫 번째 운동에 대비하면, 우리는 이질성이 직접적으로 응축을 통해 생겨나 영원히 응축에 비례한다는 것을 알게 된다. 그리하여 우리는 지구에서 생기가 점점 중요하게 발전하는 것은 지구의 응축과 동등하게 진행된다라는 명제에 도달한다.

이제 이것은 지구상에서 동물이 순서대로 나타난 과정에 대해 우리가 아는 것과 정확히 일치한다. 지구가 응축함에 따라, 우월한 종이 등장하고 그보다 더 우월한 종이 등장했다. 생기론적 지위의 이 잇따른 격상을 직접적으로 일으키지는 않았더라도 적어도 유도한 잇따른 지질학적 격변이 — 이 격변 자체가 — 태양의 잇따른 행성 방출로 인해 — 달리 말하자면 태양이 지구에 미치는 영향의 잇따른 변화로 인해 —

51 [원주] 49쪽.

52 생명 체계에서의 지위.

생겨났을 가능성은 없을까? 이 개념에 일리가 있다면, 수성보다 안쪽에서 또 다른 새 행성이 방출되면 지구상에 또 다른 새로운 변화 — 물질적으로나 정신적으로나 인간보다 우월한 종이 탄생하는 계기가 될지도 모르는 변화 — 가 일어날지도 모른다는 공상이 터무니없지만은 않을 것이다. 이 생각들이 진리의 모든 위력으로 나를 짓누르지만 — 나는 이 생각들을 물론 그저 명백히 암시적인 성격만 내비치며 제시한다.

라플라스의 성운설은 최근 철학자 콩트에 의해 필요 이상으로 과도한 인정을 받았다. 그렇게 이 두 사람이 나란히 밝혀낸 것은 — 물질이 어느 시기에 실제로, 앞서 묘사한 대로 성운 확산의 상태로 존재했다는 것이 분명하게도 아니라, 물질이 우리 태양계에 점유된 공간 전체와 그 너머에 존재하다가 중심을 향하는 운동을 시작했다는 것을 받아들이면서 — 물질이 현재의 태양계에 안착한 것으로 보이는 다양한 형태와 운동을 점진적으로 띠게 되었음에 틀림없다는 사실이다. 이와 같은 입증은 — 의문의 여지가 없고 — 만일 실은 무익하고 볼썽사나운 족속인 전문 트집쟁이 — 프랑스 수학자들이 결과를 도출한 토대인 뉴턴 중력 법칙을 부정하는 한낱 미치광이들 — 에 의해서가 아니라면 — 의문시되지도 않으며, 입증으로서 손색이 없는 역학적이고 수학적인 입증은 — 이와 같은 입증은 대다수 지성인들이 보기에 — 고백건대 내가 보기에도 — 이 입증의 토대인 성운 가설의 타당성을 확립하기에 충분할 것이다.

입증이 가설을, '증명'이라는 단어의 통상적 의미에 따르자면 **증명**하지 않는다는 것은 나도 물론 인정하는 바다. 기존 결과 — 어떤 확립된 사실들 — 가 특정 가설을 가정함으로써 심지어 수학적으로도 설명될 수도 있음을 보인다고 해서 결코 가설 자체가 확증되는 것이 아니다. 달리 말하자면 — 특정 데이터가 제시되었을 때 기존의 특정 결과가 뒤따를 수 있거나 심지어 **반드시** 뒤따른다는 것을 보인다고 해도, 문제의 결과가 **대등하게** 뒤따를 수 있는 다른 어떤 데이터도 존재하지 않고 **존재할 수도 없음**이 밝혀지지 않는다면, 이 결과가 **실제로 그 데이터에서** 뒤따랐음을 증명한 것이 아니다. 하지만 지금 논의하는 사례에서는 우리가 습관적으로 '증명'이라고 부르는 것의 결함을 모두가 받아들여야 하더라도, **어떤** 증명으로도 털끝만큼의 **확신**조차 더할 수 없다고 생각하는 지성인이, 그것도 고결한 신분의 지성인이 여전히 많다. 세부 사항으로 파고들다 형이상학의 구름 나라를 침범하지 말고, 여기서는 확신의 힘이, 이런 경우에는 언제나, 올바르게 생각한다면 가설과 결론 사이에 들어 있는 **복잡성**의 양에 비례한다고 주장하는 게 나을 듯하다. 덜 추상적으로 말하자면 — 우주적 조건들 사이에 존재하는 것으로 밝혀진 복잡성의 크기는 이 모든 조건을 **한꺼번**에 설명하는 것의 어려움에 똑같이 비례하여 커지므로, 그것들을 마찬가지로 한꺼번에 만족스럽게 설명하는 가설에 대한 신뢰 또한 똑같은 비율로 커진다 — 그리고 천문학적 조건들보다 복잡한 것은 상상할 수 없으므로, 이 조건들을 수학적으로 정확하게 조화시키고, 정합적이고 이해 가능한 전체로 뭉뚱그리되, 그와 동시에 인간 지성이 그것들을 조금이나마 설명할 수 있는 유일한 가설에 감명 받을 때 느끼는 확신은 그 어느 확신보다 — 적어도 나의 정신에는 — 크다.

아주 사실무근인 견해가 최근 호사가들에게, 심지어 학계에까지 — 퍼졌는데 그것은 이른바 우주 성운 기원설이 논박되었다는 견해다. 이 공상을 낳은 것은 신시내티천문대의 대형 망원경과 로스 경[53]의 세계적으로 유명한 망원경을 통해, 지금껏 '성운'이라고 이름 붙여진 것들을 최근 관측한 결과였다. 예전 망원경들 중 가장 고성능인 것들로 볼 때조차 성운이나 우주 안개의 모습으로 보이던 창공의 몇몇 점들은 오랫동안 라플라스 이론을 입증하는 것으로 여겨졌다. 이 점들은 내가 묘사하려고 시도한 바로 그 응축 과정의 별들로 간주되었다. 그 덕에 우리는 가설이 참임을 보여주는 '시각적 근거'를 — 언제나 매우 미심쩍은 것으로 드러난 근거이긴 하지만 — 가진 것으로 추정되었으며, 망원경이 이따금 개

53 로스 백작 윌리엄 파슨스. 우리 은하 이외의 은하들을 최초로 관측한 사람 중 하나.

량되면서, 여기저기에서 우리가 성운으로 분류하던 점이 실은 별들의 무리에 불과하며 거리가 어마어마하게 멀어서 성운처럼 보이는 것일 뿐임을 알게 되었으나 — 그럼에도 성운론자들의 지주支柱로서 어떤 재분류 시도에도 저항하던 나머지 수많은 덩어리들이 실제로 성운이라는 것에는 여전히 어떤 의심도 있을 수 없다고 생각되었다. 이 후자 중에서 가장 흥미로운 것은 오리온자리에 있는 거대한 '성운'이었지만 — 이것은 마찬가지로 오인된 무수한 '성운'과 더불어, 거대한 현대 망원경으로 관측했더니 단순한 별들의 집단임이 확인되었다.[54] 이제 이 사실은 라플라스 성운설을 반박하는 결정적 증거로 매우 널리 통용되었으며, 이러한 관측 결과가 발표되자 성운설을 가장 열성적으로 옹호하고 가장 설득력 있게 보급하던 니콜 박사는 자신의 책 중에서 가장 호평 받은 책[55]의 소재가 된 개념을 "폐기할 필요성을 받아들이"기

54 '오리온자리 성운'은 훗날 성단이 아니라 기체 구름으로 판명되었다.

55 [원주] 《천체의 구조에 대한 견해들》. 니콜 박사가 미국에 있는 친구에게 보냈다는 편지[니콜의 책 《천체의 구조에 대한 견해》의 부제가 '숙녀에게 보내는 일련의 편지'인 것에 빗댄 표현. — 역주]가 2년쯤 전에 우리 신문들에 보도되었는데, 거기서 내가 말하는 '필요성'을 인정한 것으로 생각된다. 하지만 뒤이은 강연에서 니콜 박사는 무슨 일인지 생각을 고쳐먹은 듯하며, 성운설을 "순전히 가설적인 주장"으로 조롱할 수 있게 되길 바라는 것 같아 보이면서도, 완전히 폐기하지는 않는다. 매스킬린 실험 이전에 중력 법칙은 무엇이었나? 그때조차 누가 중력 법칙에 이의를 제기했던가? 하지만 콩트의 최근 실험들이 라플라스 이론을 확증한 것은 매스킬린 실험들이 뉴턴 이론을 확증한 것에 맞먹는다.

까지 했다.

나의 독자 중 상당수는 이 새로운 관측 결과가 성운설을 뒤엎는 쪽으로 적어도 심하게 치우쳐 있다고 말하고 싶어 할 것이 틀림없지만, 일부 독자는 사려 깊게도 우리가 알던 '성운' 몇 개가 재분류된다고 해서 성운설이 결코 논박되지는 않으나, 그럼에도 나머지 '성운'들을 그런 망원경으로도 재분류하지 못하는 것이야말로 성운설을 보기 좋게 확증한다고 이해할 수도 있다고 주장할 것인데 — 이 후자의 부류는 내가 자신들에게조차 동의하지 않는다는 말을 들으면 아마도 대경실색할 것이다. 이 소론의 명제들을 이해한 사람이라면, '성운' 재분류의 실패가, 내 견해에 따르면 성운 가설을 입증하기보다는 반증하는 쪽으로 치우쳤을 것임을 알 수 있을 것이다.

설명하자면 — 뉴턴 중력 법칙을 우리는 물론 입증된 것으로 가정한다. 기억하겠지만, 이 법칙을 나는 최초의 거룩한 행위에 대한 반작용으로 — 일시적으로 어려움을 극복하여 발휘된 거룩한 결의에 대한 반작용으로 — 규정했다. 이 어려움은 정상적인 것을 비정상적인 것으로 강제로 바꾸는 — 하나를 근원으로서, 따라서 옳은 조건으로서 지니는 것으로 하여금 여럿이라는 그른 조건을 받아들이도록 강제하는 — 어려움이다. 반작용을 이해하는 유일한 방법은 이 어려움이 일시적으로 극복되었다고 상상하는 것이다. 행위가 무한히 계속되었다면 어떤 반작용도 일어날 수 없었을 것이다. 행위가 **계속**되는 한 어떤 반작용도 물론 시작될 수 없었다. 달리 말하자면 어떤 **중력 작용**도 일어날 수 없었다 — 우리는 반작용이 중력 작용의 발현에 불과하다고 생각했기 때문이다. 하지만 중력 작용이 **실제로** 일어난 것으로 보건대 창조 행위는 중단되었으며, 중력 작용이 오래전에 일어난 것으로 보건대 창조 행위는 오래전에 중단되었다. 그렇다면 우리는 더는 창조의 **원초적 과정**을 관측할 수 있으리라 기대할 수 없는데, 성운 상태가 이 원초적 과정에 속한다는 사실은 이미 규명되었다.

빛의 전파에 대해 알려진 사실들은, 아득히 멀리 있는 별들이 상상할 수 없이 오랜 시간 동안 우리가 지금 보고 있는 저 형태로 존재했다는 직접적 증거다. 그렇다면 덩어리 생성 과정이 시작된 시기는 **적어도** 이 별들이 응축을 겪은 시기까지 거슬러 올라가야 한다. 그렇다면 우리가 이 과정이 나머지 모든 경우에서는 완전히 끝났는데도 특정 '성운'의 경우에 여전히 진행되고 있다고 상상한다면, 우리는 실로 **아무** 근거가 없는 가정을 받아들일 수밖에 없다 — 우리는 다시 한번 이성의 저항을 무릅쓰고 특별한 개입이라는 신성 모독적인 개념을 쑤셔 넣어야 한다 — 실수를 저지르지 않는 하느님께서 이 '성운들'의 특수한 경우에는 어떤 부가적인 규칙을 — 일반 법칙에 대한 어떤 개선책을 — 어떤 덧칠과 가필을, 한마디로 나머지 모든 천체가 온전히 생성될 뿐 아니라 이루 말할 수 없이 늙어 백발이 성성해진 뒤에도 수 세기 동안 이 별들이 완성되지 못하도록 미루는 결과를 낳은 규칙을 — 도입해야 할 필요성을 깨달으셨다고 가정해야 하는 것이다.

물론 우리가 지금 성운으로 인식하는 빛은 머나먼 과거에 그곳의 표면을 떠난 빛에 불과하므로, 지금 관찰되는, 또는 관찰된다고 가정되는 과정들은 실은 지금 실제로 일어 나는 과정이 아니라 오래전에 완성된 과정의 허깨비라는 — 이 모든 덩어리 생성 과정이 어떻게 일어났을 수밖에 없었는가에 대한 나의 주장처럼 — 반박이 대뜸 제기될 것이다.

이에 대한 나의 답변은 지금 관찰되는 별들의 응축 또한 실제 상태가 아니라 오래 전에 완성된 상태라는 것이며, 따라서 별들과 '성운'의 상대적 상태에서 도출한 나의 논증은 조금도 흐트러지지 않는다. 게다가 성운의 존재를 주장하는 사람들은 성운 형상이 나타나는 이유가 극단적 거리 때문이라고 말하지 않는다. 그들은 그것이 단지 시점에 따른 성운 형상이 아니라 진짜 성운이라고 단언한다. 실제로 성운 덩어리가 조금이라도 보인다고 상상할 수 있으려면, 현대 망원경으로 관측되는 응축된 별들에 비해 우리에게 매우 가까이 있다고 상상해야 한다. 그렇다면 문제의 형상들이 정말로 성운이라고 주장하는 것은, 그것들이 우리의 시점에 상대적으로 가까이 있다고 주장하는 셈이다. 그리하여 우리가 지금 보고 있는 대로의 성운 형상은 적어도 지금 관측되는 대다수 별들의 상태에 대해 우리가 부여하는 것보다 훨씬 덜 먼 시기에 해당해야 한다 — 한마디로, 천문학에서 지금의 의미대로의 '성운'을 입증한다면 나는 우주 성운 기원설이 — 실은 입증에 의해 확증되는 것이 아니라 — 오히려 돌이킬 수 없이 논박된다고 간주할 수밖에 없다.

하지만 카이사르의 것만 카이사르에게 바치라는 옛말처럼, 내가 여기서 언급하고 싶은 사실은 라플라스에게 그토록 영광스러운 결과를 가져다준 가설의 가정이 그에게 떠오른 것은 상당 부분 오해 덕분이라는 — 우리가 방금 이야기한 바로 그 오해 덕분이라는 — 엉뚱하게 명명된 성운의 성격에 대한 만연한 오해 덕분이라는 — 것이다. '성운'이라고 불리는 것들을 그는 정말로 성운이라고 가정했다. 실은 이 위대한 인물은 자신의 감각 능력에 대해서는, 매우 적절하게도 썩 신뢰하지 못했다. 따라서 성운의 실제 존재 — 망원경으로 관측한 자신의 동시대인들이 그토록 자신 있게 주장한 존재 — 와 관련하여 그는 자신이 본 것보다는 들은 것에 더 의존했다.

그의 이론에 대하여 유일하게 타당한 반론은 가설 자체, 즉 가설이 무엇을 시사하느냐가 아니라 — 무엇이 가설을 시사하느냐 — 다시 말해서 결과보다는 명제를 겨냥한 것이었다. 그의 가정 중에서 근거가 가장 희박한 것은, 원자들이 무한히 연속한 채 우주 공간 전체에 퍼져 있다고 확고하게 믿으면서도 중심을 향하는 운동을 원자에 부여한 것이다. 그런 조건에서는 어떤 운동도 일어날 수 없음은 내가 이미 밝힌 바다. 그 결과, 라플라스의 주장을 뒷받침하는 철학적 근거는 자신이 확립하려는 것을 확립하려면 그런 종류의 무언가가 필요하다는 것에 불과했다.

그의 애초 발상은 진짜 에피쿠로스적 원자[56]에 동시대인들의 가짜 성운을 접목한 복합물이었던 듯하며, 그에 따라 그의 이론이 우리에게 제시하는 것은 고대의 상상력과 현대의 아둔함이 뒤얽힌 혼종적 근거로부터, 일종의 수학적 결론으로서 절대적 진리가 도출된 특이 사례다. 라플라스의 진짜 강점은 사실 기적적이라고 할 만한 수학적 본능에 있었는데 — 그는 이 본능에 의존했으며 이 본능은 어떤 경우에도 그를 실망시키거나 속이지 않았으니 — 우주 성운 기원설의 경우, 이 본능은 그의 눈을 가린 채 오류의 미로를 거쳐 가장 찬란하고 거대한 진리의 신전으로 인도한 것이다.

이제 임시로 태양이 떨궈낸 첫 번째 고리 — 말하자면, 해왕성의 모태가 된 고리 — 가 실은 천왕성의 모태가 된 고리가 떨어져 나올 때까지 떨어져 나오지 않았고, 이 두 번째 고

56 에피쿠로스는 데모크리토스에 이어 원자설을 주창했다. 〈모르그 가의 살인〉, 《모르그 가의 살인》, 16쪽 참고.

리도 마찬가지로 토성의 모태가 된 고리가 방출될 때까지 온전히 붙어 있었으며, 이 세 번째 고리도 마찬가지로 목성의 모태가 된 고리가 방출될 때까지 남아 있었다고—그 뒤로도 마찬가지라고—상상해보자. 한마디로, 수성을 낳은 마지막 배출 때까지 고리들 사이에서 어떤 분리도 일어나지 않았다고 상상해보자는 것이다. 이런 식으로 일련의 공존하는 동심원을 마음의 눈으로 그릴 수 있는데, 라플라스의 가설에 따라 구성된 과정을 들여다보는 것만큼 면밀하게 이 동심원들을 들여다보면 내가 설명한 것과 같은 원자 층과 원초적 복사 과정에 대한 매우 독특한 유추를 단번에 감지할 수 있다. 행성의 원을 잇따라 떨궈내는 힘을 각각 측정함으로써—말하자면 잇따라 방출이 일어날 수 있도록 회전력이 중력 작용보다 잇따라 얼마나 강했는지 측정함으로써—문제의 유추가 더 결정적으로 확증되는 것을 볼 수 있으리라는 상상은 불가능할까? 이 힘들이—최초의 복사에서와 마찬가지로—거리의 제곱에 비례하여 변화했음을 발견하게 되리라는 기대는 허황할까?

주요하게는 한 개의 태양과 다양한 거리에서 태양을 공전하고, 적어도 열일곱 개의, 하지만 그보다 몇 개 많을 가능성이 매우 큰 달들을 거느린, 적어도 열여섯 개의, 어쩌면 그보다 몇 개 많은 행성으로 이루어진 우리 태양계는—이제 거룩한 결의가 거둬들여졌을 때 원자들의 우주적 구 전체에서 일어난 무수한 응집의 한 가지 사례로 간주할 수 있다. 내 말뜻은 우리 태양계를 이 응집들의, 더 정확히 말하자면 이 응집들이 도달한 궁극적 상태의 전형적 사례로 이해할 수 있다는 것이다. 전능한 설계로서 가능한 한 최상의 관계라는 관념에, 또한 그것을 태초의 원자들 가운데에서 형태 차이와 특정 부등 거리를 통해 그 관념을 실행하면서 발휘한 주도면밀함에 주의를 계속 집중한다면, 우리는 어느 두 초창기 응집물조차도 마지막에 정확히 같은 결과에 도달했다고 가정하는 것은 잠정적으로도 불가능함을 알게 될 것이다. 오히려 우리는 우주의 어느 두 천체도 — 태양이든 행성이든 달이든 — 특수한 현상으로서는 비슷하지 않으나 모든 천체가 일반적 현상으로서는 비슷하다는 생각 쪽으로 기울 것이다. 그렇다면 그런 천체의 어느 두 집합이든 — 어느 두 '계'이든 — 일반적 차원 이상으로 비슷하리라 상상하기는 더더욱 힘들다.[57] 이 시점에서 우리의 망원경은 우리의 추론을 확고하게 뒷받침한다. 그리하여 우리는 지금껏 우리 태양계를 모든 태양계의 느슨하거나 일반적인 유형으로 보아, 수적으로 많지만 일반적으로 비슷한 계가 일반적으로 고르게 퍼진 채 구

57 [원주] 예상치 못한 수준으로 광학이 발전하면, 무수히 다양한 계 중에서 빛을 내는 태양이 빛을 내는 고리와 빛을 내지 않는 고리에 둘러싸인 채, 고리들 안과 밖과 사이로, 빛을 내는 행성과 빛을 내지 않는 행성이 태양 주위를 공전하고, 행성들이 달을 거느리고 그 달이 또 달을 거느리고 — 심지어 이 달들이 또 달을 거느리는 — 계가 발견되는 것도 불가능하지는 않다.

형 공간에 존재한다는 관점에서 우주를 탐구했다.

이제 우리의 관념을 확장하여, 각각의 계를 마치 원자인 것처럼 취급해보자. 하긴 우리가 원자를, 우주를 구성하는 무수히 다양한 계 중 하나에 불과한 것으로 간주한다면, 이것은 사실에 부합한다. 그렇다면 모든 것이 거대한 원자들에 불과하고, 자신의 구성 요소인 실제 원자들을 특징짓는 뿌리 깊은 합일 성향을 가졌다고 간주하면—우리는 응집의 새로운 질서로 단박에 돌입한다. 작은 계는 큰 계 가까이에 있으면 필연적으로 더 가까이 끌려들었을 것이다. 그리하여 여기서 1,000개가 뭉치고, 저기서 백만 개—어쩌면 여기서 다시, 심지어 10억 개—가 공간 속에 헤아릴 수 없이 많은 공백을 남긴다. 이제 누군가 내게 왜 이 계들의—그야말로 티탄적 원자들의[58]—경우에는, 내가 그저 '집합'에 대해 이야기할 뿐, 실제 원자의 경우에서와 달리 더 합병되었건 덜 합병되었건 응집에 대해 이야기하지 않느냐고 묻는다면—이를테면 왜 내가 스스로 정당한 결론이라고 주장하는 것을 견지하지 않고, 이 계-원자들의 집합이 구 모양으로 서둘러 합병되는 것으로—각각이 하나의 거대한 태양으로 응축하는 것으로—묘사하느냐고 묻는다면—내 대답은 멜론타 타우타[59]—즉, 내가 미래의 끔찍한 문턱에서 잠시 머뭇거리

58 티탄은 그리스 신화에서 태초의 거인들로, 원자가 태초의 우주 물질이라는 주장과 일맥상통한다.

고 있다는 것이다. 당분간 이 집합들을 '무리'라고 부르겠는데, 우리가 이것들을 보는 것은 합병의 초기 단계에서다. 이 무리들의 절대적 합병은 장차 일어날 일이다.

우리는 이제 우주를, 무리들이 고르게 산재한 공 모양 공간으로 바라보는 단계에 이르렀다. 여기서 내가 앞에서 쓴 '단순히 전반적인 균등성'이라는 구절보다 '고르게'라는 부사어를 선호하는 것이 눈에 띌 것이다. 사실, 분포의 균등성은 응집 과정에 비례하여 — 말하자면 분포한 것들의 개수가 감소함에 따라 — 감소할 것이 분명하다. 이렇듯 불균등성의 증가 — 조만간 가장 큰 응집이 나머지 모든 응집을 흡수하는 시기가 찾아올 때까지 계속되어야 하는 증가 — 는 단순히 하나를 향하는 성향을 확증하는 징후로 보아야 한다.

그리고 여기서 마침내 천문학에서 확인된 사실들이 내가 천상에 연역적으로 부여한 전반적 배치를 뒷받침하는지 물을 때가 되었다. 나의 답변은 철저히 뒷받침한다는 것이다. 시점 법칙을 감안하여 망원경으로 관측하면, 우리는 관측 가능한 우주가 불규칙하게 배치된, 무리의 무리임을 알 수 있다.

이 우주적 '무리의 무리'를 이루는 무리는 바로 우리가 으레 '성운'으로 지칭하던 것에 불과하며 — 이 '성운' 중에는

59 μελλοντα ταυτα. '이는 미래의 일들이다'라는 뜻의 그리스어로 소포클레스의 《안티고네》에서 인용한 것이며, 포가 《유레카》보다 먼저 썼으나 나중에 발표한 단편의 제목이기도 하다.

인류의 최고 관심사가 하나 있다. 내가 말하는 것은 은하수다. 은하수가 가장 먼저 가장 명백하게 우리의 관심을 끄는 이유는, 창공의 나머지 어떤 무리뿐 아니라 나머지 모든 무리를 합친 것에 비해서도 크기 면에서 훌쩍 앞서기 때문이다. 이 나머지 무리들은 가장 큰 것이라고 해봐야 상대적으로 점 하나에 불과하기에, 똑똑히 보려면 망원경의 도움을 받아야만 한다. 반면에 은하수는 천상에 넓게 펼쳐져 있으며 맨눈으로도 훤히 보인다. 하지만 은하수가 사람들의 관심을 끄는 주된 이유는, 덜 직접적이긴 하지만, 우리의 보금자리이기 때문이다. 은하수는 우리가 존재하는 지구의 보금자리요, 이 지구의 공전 중심인 태양의 보금자리요, 태양이 중심이자 일차성一次星이고 — 지구가 16개의 이차성二次星, 즉 행성들 중 하나이고 — 달이 17개의 삼차성三次星, 즉 위성들 중 하나인 — 구체들로 이루어진 '계'의 보금자리다. 은하수는, 다시 말하지만, 내가 서술한 **무리들** 중 하나에 불과하다 — 때로는 망원경으로만 — 하늘의 여러 지점에 있는 희미하고 어렴풋한 점으로서 우리에게 드러나는 — 엉뚱한 이름으로 불리는 '성운' 중 하나에 불과한 것이다. 은하수가 이 '성운' 중 가장 작은 것보다도 **실제로** 더 크다고 가정할 이유는 전혀 없다. 은하수가 크기 면에서 압도적으로 보이는 것은 은하수에 대한 우리의 위치로 인한 — 말하자면 은하수의 한가운데 있는 우리의 위치로 인한 — 착시 효과에 지나지 않는다. 천문학에 조예가 깊지 않은 사람들에게는 이 단언이 처음에는 괴상하게 들릴지도 모르겠지만, 천문학자는 조금도 주저하지 않고서 우리가 은하수를 이루는 무수한 별의 — 태양들의 — 태양계의 중간에 있다고 잘라 말한다. 게다가 우리는 — 우리의 태양은 — 자신의 특별한 무리로서 은하수에 대해 소유권을, 하지만 약간의 단서를 달아 주장할 수 있을 뿐 아니라, 창공에서 뚜렷이 보이는 모든 별 — 맨눈에 보이는 모든 별 — 또한 자신의 무리로서 은하수에 대해 동등한 소유권을 주장할 수 있다고 말해도 무방하다.

은하수의 형태에 대해서는 상당한 오해가 있었는데, 거의 모든 천문학 논문에서는 은하수가 대문자 Y를 닮았다고 한다. 문제의 무리는, 실제로는 세 겹 고리를 두른 토성과 모종의 일반적인 — 매우 일반적인 — 유사성을 가지고 있다. 하지만 토성이 단단한 구체인 것과 달리, 우리는 렌즈 모양 별들의 섬, 또는 별들의 집단을 머릿속에 그려야 한다. 은하수에서 우리 태양은 섬 가장자리 근처 — 십자자리에 가장 가깝고 카시오페이아자리에서 가장 먼 쪽 — 에 치우쳐 놓여 있다. 주변의 고리에는 우리가 있는 위치에 접근하는 지점에서 세로로 틈이 벌어져 있는데, 실은 이 때문에 고리가 우리 근처에서 대략적으로 대문자 Y 모양을 띠는 것이다. 하지만 다소 어렴풋한 테두리가 주위의 마찬가지로 어렴풋한 렌즈 모양 무리로부터, 상대적으로 말해서 조금이라도 멀리 떨어졌다고 상상하는 오류에 빠져서는 안 된다. 그렇기에 단지 설명을 위해서는 Y에서 세 가닥 선이 만나는 지점에 태양이 실제로 위치해 있다고 말해도 무방하며, 이 글자가 어느 정도 입체라고 — 세로 길이에 비해 무척 사소하긴 하지만, 어느 정도 두께가 있다고 — 상상한다면, 우리의 위치가 이 두께의 한가운데에 있다고 말해도 무방하다. 우리가 이 위치에 있다고 상상한다면, 더는 제시된 현상들 — 모든 것이 시점 현상이다 — 을 설명하는 데 어려움이 없을 것이다. 우리가 올려다보거나 내려다보면 — 말하자면 글자의 두께 방향으로 시선을 던지면 — 길이 방향으로, 즉 세 가닥 선 중 하나를 따라 시선을 던질 때보다 별이 덜 보인다. 물론 전자의 경우는 별들이 흩어져 보이고 — 후자의 경우는 뭉쳐 보인다. — 이 설명을 뒤집자면 — 지구 거주자가, 우리가 흔히 표현하듯 은하수 쪽을 바라볼 때는 은하수를 길이 방향으로 바라보는 것이고 — Y의 선들을 따라 바라보고 있는 것이지만 — 일반적 천상 속을 내다볼 때는 은하수로부터 시선을 돌려 글자의 두께 방향을 관측하는 것이며, 이 때문에 별들은 그에게 흩어져 있는 것처럼 보이지만, 실은 무리 덩어리에서처럼 평균적으로는 가까이 모여 있는 것이다. 이 무리의 어마어마한 크기에 대해 감을 잡기에 이보다 나은 방법은 없을 것이다.

공간 침투 성능이 뛰어난 망원경으로 창공을 면밀히 관측하면, 무리의 — 우리가 지금껏 '성운'이라고 부른 것의 — 띠를 — 은하수의 전반적 물길에 수직으로, 지평선에서 지평선까지 펼쳐진 다양한 너비의 띠를 — 인식하게 될 것이다. 이 띠야말로 궁극적인 **무리의 무리**다. 이 띠가 바로 **우주**다. 우리 은하는 이 궁극적인 우주적 띠를 이루게 되는 무리들 중 하나에, 아마도 가장 하찮은 것 중 하나에 불과하다. 이 무리의 무리가 우리 눈에 **띠처럼** 보이는 것은 오로지 우리의 개별적이고 대략적 공 모양 무리인 은하가, 우주적 띠에 수직으로 천상을 가로지르는 띠 모양으로 보이게 하는 것과 같은 성격의 시점 현상 때문이다. 모든 것을 포함하는 무리의 형태는, 물론 **전반적으로** 자신이 포함하는 각 무리의 형태와 같다. 은하수로부터 보았을 때 전반적 하늘에서 보이는 흩어진 별들이 실은 은하 자체의 일부에 불과하고, 그 덩어리의 가장 빽빽해 보이는 곳에서의 어떤 망원경적 점과 마찬가지로 촘촘하게 뭉쳐 있듯 — 우리가 우주 **띠로부터** 시선을 던졌을 때 창공의 모든 점에서 관측되는 흩어진 '성운'도 마찬가지다 — 따라서 이렇게 흩어진 '성운'은 시점상으로만 흩어져 있으며, 지고하고 우주적인 **구**의 일부로 이해해야 한다는 것이 나의 주장이다.

별우주가 절대적으로 **한계가 없다**는 오류보다 더 불합리하면서도 더 끈질기게 견지된 천문학적 오류는 없다. 앞에서 나는 **아 프리오리**하게 우주에 한계를 부여했는데, 왜 한계가 있어야 하는지에 대한 이유는 내가 답할 수 없는 문제로 보이지만, 이것을 차치하더라도 관측을 통해 우리는 사방의 무수한 방향으로 틀림없이, 모든 방향으로는 아니더라도 실질적 한계가 있음을 확인할 수 있으며 — 적어도 달리 생각할 근거는 전혀 보이지 않는다. 별들의 연쇄에 끝이 없다면, 하늘의 배경은 은하수에서 보듯 밝기가 균일할 것이다 — 그 배경을 통틀어 별이 존재하지 않는 지점은 절대적으로 하나도 있을 수 없기 때문이다. 따라서 이런 조건에서라면 무수한 방향에서 망원경에 관측되는 허공[60]을 이해할 수 있는 유일한 방법은, 보이지 않는 배경이 하도 어마어마하게 멀어서 그곳에서 출발한 빛이 아직 우리에게 전혀 도달하지 못했다고 가정하는 것이다.[61] 이것이 사실일지도 모른다는 것을 누가 감히 부정하겠는가? 내 주장은 그저 그것이 정말로 사실이라고 믿을 만한 이유가 털끝만큼도 없다는 것이다.

지구상의 모든 물체가 오로지 지구 중심을 향하는 널리 알려진 성향에 대해 이야기하면서, 나는 이렇게 주장했다. "좀 있다 상술할 내용을 예외로 하면 지상의 모든 것은 지구 중심으로뿐 아니라 그 밖의 상상할 수 있는 모든 방향으로 끌어당겨지는 성향이 있다."[62] 이 '예외'는 천상에 흔히 있는 틈새를 가리키는 것으로, 그곳에는 아무리 꼼꼼히 관측해도

60 별이 없는 어두운 부분.
61 이 문장을 시작으로 포는 올베르스 역설을 해결하고 있다.
62 [원주] 54쪽.

어떤 천체뿐 아니라 그런 천체가 존재한다는 징후조차 전혀 감지할 수 없으며 — 그곳에서는 에레보스[63]보다 시커멓게 아가리를 벌린 협곡이 별우주의 경계벽을 뚫고 그 너머 한계지을 수 없는 공우주空宇宙를 엿보게 해준다. 이제 지구상에 존재하는 모든 물체가 스스로의 운동이나 지구의 운동 때문에 우연히 이 허공, 즉 우주적 심연 중 하나와 같은 선상에 놓인다면, 그 물체는 분명 더는 **그 허공 방향으로** 끌어당겨지지 않으며, 당분간은 결과적으로 그 이후나 이전의 어느 시기보다 더 '무겁다'.[64] 하지만 이 허공을 고찰하는 것과 별개로, 또한 별들의 분포가 전반적으로 불균등하다는 것만 감안하더라도, 우리는 지구상에 있는 물체들이 지구 중심을 향하는 절대적 성향이 끊임없는 변동을 겪고 있음을 알 수 있다.

이로써 우리는 우리 우주가 격리되어 있음을 간파한다. **그것** — 우리가 감각으로 파악 할 수 있는 **모든 것** — 이 격리되어 있음을 감지하는 것이다. 우리는 **무리의 무리** — 그 주위 사방으로는 **모든 인간 감각에 대해** 무주공산인 공간의 측량할 수 없는 황막함이 뻗어 있는 그런 집합 — 하나가 존재한다는 사실을 안다. 하지만 이 별우주의 한계에서 더는 감각

63 본디 그리스 신화에서 어둠을 상징하는 태초의 신으로, 지하 세계에서 타르타로스와 지상 사이에 있는 공간을 일컫기도 한다. 1841년 제임스 클라크 로스 경이 발견한 남극 화산에 붙인 이름이기도 하다.

64 포의 착각. 허공은 우주먼지로 채워져 있다.

증거가 없기에 멈춰야 한다고 해서, 우리가 지금껏 도달할 수 있었던 지점을 넘어선 물질적 지점이 전혀 없다고 결론 내리는 것이 옳을까? 이 관측 가능한 우주는 — 이 무리의 무리는 — 무리의 무리의 연쇄 중 하나에 불과하며, 나머지가 보이지 않는 것은 거리가 멀기 때문이거나 — 빛이 우리에게 도달하기 전에 지나치게 확산해버려 우리의 망막에 빛자국을 남기지 못하기 때문이거나 — 이 이루 말할 수 없이 멀리 떨어진 세계들에서는 빛의 복사 작용 같은 것이 전혀 일어나지 않기 때문이거나 — 마지막으로, 그저 간격이 너무 넓어서 공간 속에 존재하는 빛의 전기적 파장이 아직 — 무수한 세월이 지났는데도 — 아직 그 간격을 주파하지 못했기 때문이라는 추론에 대해 우리는 유추할 권리가 있을까, 없을까?

우리는 이처럼 추론할 권리가 있을까 — 이처럼 바라볼 근거가 하나라도 있을까? 조금이라도 그럴 권리가 있다면, 우리에게는 그것을 무한히 확장할 권리가 있다.

인간의 뇌는 분명히 '무한'에 기울어 있으며, 무한 개념이라는 허깨비를 애지중지한다. 이 불가능한 관념을 상상해내자 이것을 지적으로 믿으려는 희망에서 열정적으로 갈망하는 게 아닌가 싶다. 전 인류가 가지고 있는 통념을 비정상으로 취급할 권리가 인류의 어떤 일개인에게도 없음은 물론이지만, 그럼에도 내가 암시한 인간적 편견이 모든 면에서 편집광적임을 간파하는 우월한 부류의 지성인들이 있을지도 모른다.

하지만 내 의문은 여전히 답을 얻지 못했다 — 우리는 '무리의 무리'의, 또는 대동소이 한 '우주들'의 끝없는 연쇄를 추론할 — 오히려 '상상할'이라고 말하는 게 낫겠지만 — 권리가 조금이라도 있을까?

내 대답은, '권리'란 이런 경우에 그 권리를 과감하게 주장하는 상상력의 용기에 절대적으로 달렸다는 것이다. 한마디만 해두자면, 개인으로서 나는 적어도 우리 자신의 특수한 우주가 합일로 돌아갈 때까지는, 우리가 인식하는 우주와 — 우리가 언제까지나 인식할 수 있는 **유일한** 우주와 — 대동소이한 우주들의 **무한한** 연쇄가 **실제로** 존재한다는 **공상** — 감히 더 대담한 표현을 쓰지는 못하지만 — 하려는 충동을 느낀다. 하지만 **만일** 그런 무리의 무리들이 존재하더라도 — **실제로 존재한다** — 분명한 사실은 그런 무리는 우리의 기원에 아무런 역할을 하지 않았기에 우리의 법칙에서 차지하는 몫이 전혀 없다는 것이다. 그들은 우리를 끌어당기지 않으며 우리도 그들을 끌어당기지 않는다. 그들의 물질은 — 그들의 정신은 우리 것이 아니며 — 우리 우주의 어느 부분에도 존재하지 않는다. 그들은 우리의 감각이나 우리의 영혼을 자극할 수 없다. 그들과 우리 사이에는 — 모든 것을 잠정적으로 뭉뚱그려 고려하건대 — 공통의 영향이 전혀 없다. 각자는 **자신에게 걸맞은 나름의 하느님의 품**에서 따로, 독립적으로 존재한다.

이 소론을 전개하면서 내가 목표로 삼은 것은 물리적 질서라기보다는 형이상학적 질서다. 심지어 물질적 현상이 우리의 이해력에 얼마나 뚜렷하게 제시되는가조차도, 내가 오래전에 알아차렸듯 단순히 자연적인 구성에는 별로, 그리고 도덕적인 구성에는 거의 조금도 의존하지 않는다. 그렇다면, 내가 주제의 논점에서 논점으로 다소 지나치게 산만하게 옮겨 다니는 것처럼 보일지라도, 그것은 인간의 지성으로 하여금 내가 말하는 것의 장엄함을 고스란히 파악하고 총체적으로 이해하게 할 수 있는 유일한 수단인 **점진적 인상**의 연쇄가 끊어지지 않게 하려는 희망에서라고 항변하고자 한다.

지금껏 우리는 공간에서 천체들이 일반적으로, 그리고 상대적으로 묶이는 것에만 거의 전적으로 치중했다. 구체적 측면에는 거의 주목하지 않았다. **양**의 — 말하자면 수, 크기, 거리의 — 개념은 더 확고한 관념을 제시하려고 준비하는 과정에서 우연히 제시되었을 뿐이다. 이제 구체적 측면에 대해 생각해보자.

우리 태양계는 앞에서 이미 언급했듯 주요하게는 한 개의 태양과, 이 태양을 공전하는, 열여섯 개까지는 확실하지만 필시 몇 개 더 있을 행성들과, 이 행성들이 거느린, 우리가 알기로 열일곱 개이지만 몇 개 더 있는지는 아직 전혀 모르는 달들로 이루어졌다. 이 다양한 천체들은 진짜 구가 아니라 회전 타원체인데, 회전 타원체는 구를 가상의 중심축 끝에서 짜부라뜨린 것으로, 이렇게 납작해진 것은 회전의 결과다. 태양은 태양계의 절대적 중심이 아니다. 태양 자체도 나머지 모든 행성과 더불어 끊임없이 변동하는 공간상의 한 점을 공전하는데, 이것이 바로 태양계의 전체적 중력 중심이다. 이 회전 타원체들이 움직이는 경로 또한 — 달들은 행성을 공전하고, 행성들은 태양을 공전하고, 태양은 공통의 중심을 공전한다 — 정확한 의미에서의 원으로는 간주할 수 없다. 이 경로들은 실은 **타원이며 — 두 초점 중 하나가 공전의 중심이다.**[65] 타원은 닫힌 곡선으로, 한쪽 지름이 다른 쪽 지름보다 길다. 장축 위에는 선분 중점으로부터 거리가 같은 점이 두 개 있는데, 두 점 중 하나에서 곡선의 한 점에 선분을 그었을 때 두 선분의 길이를 더하면 장축 길이와 같다. 이제 이런 타원을 머릿속에 그려보자. 방금 언급한 두 점, 즉 **초점** 중 하나에 오렌지를 고정한다. 고무줄로 오렌지와 완두콩을 묶어 완두콩을 타원 둘레에 놓는다. 이제 완두콩이 오렌지 주위를 계속해서 움직이되 — 언제나 타원의 둘레에 있도록 하자. 고무줄은 물론 완두콩이 움직일 때마다 길이가 달라지는데, 이 모양을 기하학에서는 **동경 벡터**라고 부른다. 이제 오렌지가 태양이라 치고 완두콩이 태양을 공전하는 행성이라 치면, 공전 속력은 **동경 벡터가 같은 시간에 같은 면적**을 지나

65 케플러 제1 법칙. 이를테면 태양은 행성 공전 궤도가 이루는 타원의 두 초점 중 하나다.

도록 달라져야 한다.[66] 완두콩의 속력은 태양에서 멀수록 느리고 — 태양에 가까울수록 빨라야 한다 — 말하자면 행성의 이동은 당연히 — 태양에서 멀수록 느리고 — 태양에 가까울수록 빠르다. 게다가 이 행성들은 태양에서 먼 것일수록 천천히 도는데, **두 행성의 공전 주기의 제곱의 비는 태양으로부터의 평균 거리의 세제곱의 비와 같다.**[67]

하지만 여기서 설명한 공전 법칙이 놀랄 만큼 복잡하긴 해도, 이것이 우리 태양계에만 해당한다고 생각해서는 안 된다. 끌어당김이 지배적인 곳에서는 **어디서나** 이 법칙이 지배적이다. 이 법칙은 **우주**를 조종한다. 창공에서 빛나는 점 하나하나는 의심할 여지없이 빛을 내는 태양으로, 적어도 전반적 특징 면에서는 우리 태양을 닮았고, 많고 적은 개수의 크고 작은 행성들을 거느렸는데, 행성들에 아직 남아 있는 빛은 그토록 먼 거리에서 우리 눈에 보일 만큼 밝지 않으나, 그럼에도 달을 거느린 채 방금 상술한 원리에 복종하여 — 공전의 세 보편 원리 — 상상력 풍부한 케플러에 의해 **추측**되었으나 뒤이어 끈기 있는 수학자 뉴턴에 의해 입증되고 해명된 불멸의 세 가지 법칙 — 에 복종하여, 자신들의 별 중심을 공전한다. 사실에 집착하는 것을 자랑으로 여기는 부류의 철학자들 사이에서는, 모든 사변을 '어림짐작'이라는 **별명**으로

66 케플러 제2 법칙.

67 케플러 제3 법칙.

뭉뚱그려 부르며 조롱하는 일이 유행하고 있다. 하지만 여기서 고려해야 할 논점은 **누구**의 추측이냐다. 알크마이온의 입증에 귀를 쫑긋하기보다는 플라톤의 추측에 동조하는 게 유익할 때가 있는 법이다.[68]

나는 많은 천문학 연구에서 케플러 법칙이 위대한 원리인 중력 작용의 **토대**로 똑똑히 천명된 것을 목격한다. 이 견해가 생겨난 계기는 케플러가 이 법칙들을 제시하고 실제 존재 여부를 **아 포스테리오리**하게 증명한 덕에 뉴턴이 중력 작용 가설로 이를 설명하고, 마지막으로 가설적 원리의 필연적 귀결로서 이를 **아 프리오리**하게 입증했다는 사실임이 틀림없다. 그러므로 케플러 법칙들이 중력의 토대이기는커녕, 오히려 중력이 이 법칙들의 토대이며 — 밀어냄만으로 설명할 수 없는 물질적 우주의 모든 법칙에 대해서도 실은 마찬가지다.

지구에서 달까지의 — 말하자면 우리와 가장 가까운 천체까지의 — 평균 거리는 23만 7,000마일이다. 태양과 가장 가까운 행성인 수성은 태양으로부터 3,700만 마일 떨어져 있다. 다음으로 금성이 6,800만 마일 떨어져 공전하고 — 그다음으로 지구가 9,500만 마일 거리에서 — 다음으로 화성이 1억 4,400만 마일 떨어져 공전한다. 다음으로는 8개의 소행성(세레스, 주노, 베스타, 팔라스, 아스트라이아, 플로라, 이리

68 "헤라클레스에게 맹세컨대 피타고라스 학파와 더불어 진리를 생각하기보다는 플라톤과 더불어 오류를 범하겠다"라는 키케로의 말에 빗댄 표현.

스, 헤베)이 평균 약 2억 5,000만 마일 떨어져 있다. 그다음 목성이 4억 9,000만 마일, 토성이 9억 마일, 천왕성이 19억 마일, 마지막으로 최근에 발견된 해왕성이 28억 마일 떨어져 공전한다. 해왕성을 논외로 하면 — 해왕성은 정확히 알려진 것이 거의 없으며, 소행성계의 하나일 가능성도 있다 — 일정한 한계 안에서, 행성들 사이에 **간격의 규칙**이 존재하는 것이 보일 것이다. 줄잡아 이야기하자면, 바깥쪽 행성이 바로 안쪽의 행성에 비해 태양으로부터 두 배 멀다고 할 수 있다. 여기서 언급한 **규칙 — 보데 법칙** — 은 **태양의 고리 방출과 원자의 복사 방식에 대하여 내가 제시한 유추를 고찰함으로써 도출할 수 있지 않을까?**

방금 거리를 요약하면서 급하게 언급한 숫자들을 이해하려고 시도하는 것은, 추상적인 산술적 사실에 비추어 보는 것이 아니라면 바보짓이다. 이 숫자들은 현실적으로 손에 잡히는 숫자가 아니다. 정확한 관념을 도무지 떠올릴 수 없기 때문이다. 나는 태양에서 가장 먼 행성인 해왕성이 태양으로부터 28억 마일 떨어져 공전한다고 말했다. 여기까진 괜찮다 — 수학적 사실을 진술한 것이니까. 또한 전혀 이해하지 못하더라도 수학적으로는 활용할 수 있다. 하지만 달이 지구로부터 비교적 사소한 거리인 23만 7,000마일 떨어진 채 공전한다고 서술할 때조차, 나는 달이 지구로부터 **실제로** 얼마나 떨어져 있는지 상대방이 이해할 — 알 — 느낄 — 거라고는 전혀 기대하지 않았다. 23만 7,000마일이라니! 나의 독자 중에서 대서양을 건너 본 적 없는 사람은 거의 없을 테지만, 양안 사이에 놓인 3,000마일에 대해서조차 막연한 관념이나마 가진 사람이 몇 명이나 될까? 실은, 고속도로에서 한 이정표와 다음 이정표 사이의 간격에 대해서도 어렴풋하게나마 머릿속에 떠올릴 수 있는 사람이 한 명이라도 있을지 의심스럽다. 하지만 거리를 속력의 관점에서 고찰하면 꽤 도움이 된다. 음파는 1초의 시간에 1,100피트(335미터)의 공간을 통과한다. 달에서 발사된 대포의 섬광을 본 지구 거주자가 포성을 들으려면 섬광을 인식하고 나서 13일 밤낮을 꼬박 기다려야 포성을 어렴풋하게나마 감지할 수 있을 것이다.

달과 지구의 실제 거리에 대한 느낌이, 심지어 이렇게 표현하더라도 아무리 막연할지언정, 그럼에도 우리 태양과 해왕성 사이의 간격인 28억 마일을, 심지어 태양과 우리가 거주하는 지구 사이의 간격인 9,500만 마일을 이해하려는 시도가 헛수고임을 더 뚜렷이 보여주는 데는 충분할 것이다. 대포알은 이런 구체에 대해 가능한 것으로 알려진 최고 속력으로 비행하더라도 태양-지구 사이를 20년 안에는 주파할 수 없으며, 태양-해왕성의 경우는 590년이 걸릴 것이다.

우리 달은 실제 지름이 2,160마일이나 되지만, 상대적으로 자그마한 천체이기에 크기 면에서 지구와 맞먹으려면 50개는 있어야 할 것이다.

우리 지구의 지름은 7,912마일이지만—이 숫자들을 들었을 때 우리에게는 어떤 실질적 관념이 떠오르는가?

평범한 산에 올라 정상에서 주위를 둘러보면, 풍경이 이를테면 사방으로 40마일까지 펼쳐져 둘레 250마일에 면적 5,000제곱마일의 원을 이루는 것을 볼 수 있다. 이만한 규모의 전망은 한 부분씩 **연속적으로** 시야에 들어올 수밖에 없기 때문에 매우 막연하고 단편적으로 인식될 수밖에 없다—하지만 이 풍경을 통틀어봐야 지구 **표면**의 4만 분의 1에도 못 미친다. 그렇다면 이 풍경을 보고서 한 시간 뒤에 또 다른 똑같은 넓이의 풍경을 보고, 또 한 시간 뒤에 세 번째 풍경을 보고, 또 한 시간 뒤에 네 번째 풍경을 보고—이런 식으로 지구 전체의 풍경을 다 보려면, 매일 열두 시간씩 매달리더라도 전체 탐사를 완료하기까지는 9년 하고도 48일이 걸린다.

하지만 지구 표면적만 해도 상상력의 범위를 초월한다면, 입체로서의 크기에 대해서는 어떻게 생각해야 할까? 지구의 무게는 적어도 22해 톤에 이른다. 지구가 정지 상태에 있다고 가정하고, 지구를 움직이게 하려면 얼마나 큰 기계적 힘이 필요할지 상상해보자! 우리 태양계의 행성 세계에 거주한다고 결론 내릴 수 있을 무수한 모든 존재의 힘으로도—이 **모든** 존재의 물리적 힘을 합쳐도—심지어 모두가 인간보다 힘이 세다고 가정하더라도—지구의 무지막지한 질량은 현재의 위치에서 단 1인치도 움직일 수 없다.

그렇다면 우리 행성 중에서 가장 큰 목성을 비슷한 조건에서 움직이는 데 필요한 힘은 어떻게 이해해야 할까? 목성은 지름이 8만 6,000마일이며 그 안에는 우리 지구 크기의 구체가 1,000개 이상 들어간다. 하지만 이 어마어마한 천체는 실은 태양 주위를 시속 2만 9,000마일로 날고 있다 — 말하자면 대포알보다 40배 빠르게! 이런 현상에 대한 생각이 정신을 놀라게 한다고 말하는 것은 적절치 않다 — 마비시키고 질리게 한다고 해야 한다. 우리는 종종 상상력을 발휘하여 천사의 능력을 머릿속에 그린다. 그런 존재가 목성으로부터 수백 마일 떨어진 거리에서 목성의 공전을 유심히 지켜본다고 상상해보자. 자신의 눈 바로 앞에서 이루 말할 수 없는 속력으로 돌고 있는 이 헤아릴 수 없는 물질 덩어리를 보고도, 그가 — 천사가 — 자신이 비록 천사이지만 — 단번에 무지막지한 충격을 받고 압도당하지 않는다고 가정할 때보다, 이 이상적 존재의 영적 고귀함을 더 실감할 방법이 있는지 묻고 싶다.

하지만 이 시점에서 밝혀두는 게 좋겠는데, 우리가 이야기하고 있는 것은 실은 상대적으로 하찮은 것들이다. 목성을 포함하는 계의 중심이자 이를 다스리는 구체인 우리 태양은 목성보다 클 뿐 아니라 태양계의 모든 행성을 합친 것보다도 훨씬 크다. 이 사실은 태양계 자체의 안정성을 위해 실로 필수적인 조건이다. 목성의 지름은 앞에서 언급했듯 — 8만

6,000마일인데 — 태양의 지름은 88만 2,000마일이다. 태양의 거주민이 태양 둘레의 대원大圓을 일주하려면, 하루에 90마일(145킬로미터)을 이동하더라도, 80년 이상이 걸릴 것이다. 태양의 부피는 68경 1,472조 세제곱마일이다. 달은 앞에서 언급했듯 23만 7,000마일의 거리에서 — 따라서 150만 마일 가까운 길이의 궤도로 — 지구를 공전한다. 이제 태양을 지구에 중심과 중심을 맞춰 겹치면, 태양의 구체는 사방으로, 달의 궤도선軌道線뿐 아니라 그 너머로 20만 마일까지 뻗어나갈 것이다.

여기서 다시 한번 밝혀두자면, 우리가 이야기하고 있는 것은 실은 여전히 상대적으로 하찮은 것들이다. 태양에서 해왕성까지의 거리는 앞에서 말했듯 — 28억 마일이며, 따라서 공전 궤도의 둘레는 약 170억 마일이다. 이것을 염두에 둔 채 가장 밝은 별들 중 하나를 바라보라. 이 별과 우리 태양계의 별(태양) 사이에는 아득한 공간이 있으며, 이 규모를 조금이라도 표현하려면 대천사의 혀가 필요할 것이다. 그렇다면 우리가 바라보고 있다고 가정한 별은 우리 태양계와는, 또한 우리의 태양, 즉 별과는 전혀 별개의 천체다 — 그렇더라도, 임시로 방금 태양을 지구에 겹친 것처럼, 이 별을 태양에 중심과 중심을 맞춰 겹친다고 상상해보자. 이제 우리가 염두에 둔 이 별이 사방으로 수성의 — 금성의 — 지구의 — 궤도를 지나고도 계속해서 화성의 — 목성의 — 천왕성의 궤도를 지나 — 마침내 원을 — 170억 마일의 둘레를 — 즉 르베리에 행성[69]의 공전 궤도를 — 채우는 광경을 상상해보라. 우리가 이 모든 것을 상상했을 때, 우리는 결코 터무니없는 관념에 대해 생각한 것이 아니다. 우리가 상상한 것보다도 훨씬 큰 별들이 많다고 믿을 이유는 얼마든지 있다. 내 말은 그렇게 믿기에 충분한 경험적 근거가 있다는 뜻이다 — 우주의 구성에 대한 거룩한 계획의 일환으로 가정된, 다양성을 위한 원초적 원자 배열을 돌이켜 보면, 우리는 내가 지금껏 언급한 그 무엇보다도 비교할 수 없을 만큼 커다란 별이 존재한다는 사실을 쉽게 이해하고 확신할 수 있을 것이다. 가장 큰 구체들은 물론 가장 넓은 허공을 누비고 있으리라 예상해야 마땅하다.

나는 방금 우리 태양과 나머지 별들 중 어느 하나에 대해서도 둘 사이의 간격이라는 개념을 표현하려면 대천사의 말재간이 필요할 것이라고 언급했다. 이렇게 말하는 것은 결코 과장이 아니다. 이유는 간단한데, 이것은 여간해서는 과장하기 힘든 주제이기 때문이다. 하지만 이 문제를 마음의 눈앞에 더 뚜렷이 들이대보자.

무엇보다, 앞에서 언급한 간격을 행성 간 공간과 비교하면 일반적이고 상대적인 관념을 얻을 수 있을지도 모른다. 이

69 위르뱅 르베리에는 수학 계산을 통해 해왕성의 존재를 예측한 프랑스의 수학자다.

를테면, 지구가 태양으로부터 실제로는 9,500만 마일 떨어져 있지만, 단 1피트 떨어져 있다고 가정하면, 해왕성은 40피트만큼 떨어져 있을 것이고 직녀성은 줄잡아 159만큼 떨어져 있을 것이다.

내가 마지막 문장을 끝마쳤을 때 특별히 트집 잡을 만한 — 딱히 잘못된 — 것을 눈치 챈 독자는 거의 없을 것이다. 나는 태양에서 지구까지의 거리를 1피트로 가정하면 해왕성까지의 거리는 40피트, 직녀성까지의 거리는 159가 될 것이라고 말했다. 1피트와 159의 비율은 아마도 두 간격 — 태양과 지구의 간격, 이 발광체(태양)와 직녀성의 간격 — 의 비율에 대해 꽤 확실한 느낌을 전달하는 것처럼 보였다. 하지만 나는 실은 다음과 같이 말했어야 했다 — 태양에서 지구까지의 거리가 1피트라고 가정하면 해왕성까지의 거리는 40피트, 직녀성까지의 거리는 159 — 마일이라고 말이다 — 말하자면, 내가 처음 설명에서 직녀성에 부여한 거리는 실제 위치에 대해 가능한 최소 거리의 5,280분의 1 이었다.[70]

이어서 설명하자면 — 행성은 아무리 멀리 떨어져 있어도 망원경으로 들여다보면 어떤 형태가 — 어떤 실감할 수 있는 크기가 — 눈에 들어온다. 앞에서 나는 많은 별들이 얼마나 클 것인지 암시했는데, 그럼에도 그중 어느 것이든 아무리 성

70 태양에서 직녀성까지의 실제 거리를 대입하면 159마일이 아니라 317마일이어야 한다.

능 좋은 망원경으로 보더라도 우리에게는 **어떤 형태도** 없는 것으로, 따라서 **어떤 크기**도 없는 것으로 보인다. 보이는 것은 점 하나가 고작이다.

다시 설명하자면 — 우리가 밤중에 고속도로를 걷는다고 가정해보자. 도로 옆 벌판에 키 큰 물체들이, 이를테면 나무가 줄지어 있는데, 하늘을 배경으로 형체가 뚜렷이 보인다. 이 물체들을 연결한 선은 도로에 수직으로 지평선까지 뻗어 있다. 이제 우리가 도로를 따라 나아가면, 이 물체들은 시야의 배경을 이루는 창공의 한 고정된 점에 대해 저마다 위치가 상대적으로 달라진다. 이 고정된 — 우리의 논의를 위해서는 충분히 고정된 — 점을 뜨는 달로 가정하자. 우리는 우리에게 가장 가까이 있는 나무의 위치가 달에 대해, 마치 우리 뒤로 날아가는 것처럼 달라지는 반면에, 가장 멀리 있는 나무는 달에 대한 상대적 위치가 거의 달라지지 않는다는 것을 단번에 알 수 있다. 그리하여 우리는 물체가 우리에게서 멀수록 위치가 적게 바뀌고 가까울수록 많이 바뀐다는 사실을 감지한다. 그런 다음 우리는 부지불식간에 나무들의 상대적 위치 변화를 토대로 나무 한 그루 한 그루의 거리를 추정하기 시작한다. 마침내 우리는 상대적 위치 변화의 양을 기준으로 삼아, 선 위에 있는 임의의 나무의 실제 거리를 간단한 기하학적 계산으로 알아낼 수 있음을 깨닫게 된다. 이 상대적 위치 변화는 바로 우리가 '시차'라고 부르는 것이며,

천체의 거리를 계산할 때에도 시차를 이용한다. 시차 원리를 문제의 나무들에 적용할 경우, 우리가 도로를 따라 아무리 멀리 나아가도 시차가 **전혀** 나타내지 않는 **저** 나무의 경우는 거리를 파악할 도리가 없다. 이것은 지금 설명하는 사례에서는 불가능한 일이다. 하지만 이것이 불가능한 것은 지구상에서의 모든 거리가 실은 사소하여 — 거대한 우주적 양에 비하면 절대적 무라고 말할 수 있을 정도이기 때문이다.

이제 직녀성이 우리 머리 바로 위에 떠 있다고 가정하고, 우리가 지구에 서 있는 게 아니라 지구의 공전 궤도 지름에 해당하는 거리만큼 — 말하자면 1억 9,000만 마일의 거리만큼 — 공간 속으로 뻗은 직선 도로의 지구 쪽 끝에 서 있다고 상상해보라. 직녀성의 정확한 위치를, 가장 정교한 측미계를 이용하여 측량한 다음, 이 상상도 못할 도로를 따라 반대쪽 끝까지 가보라. 이제 다시 한번 직녀성을 바라보라. 직녀성의 위치는 처음과 **정확히** 똑같다. 우리의 측미계가 아무리 정교하더라도, 직녀성의 상대적 위치는 우리가 형언할 수 없는 여정을 시작했을 때와 절대적으로 — 완전히 — 똑같다. 시차는 **전혀** — 조금도 — 관측되지 않는다.

사실은, 위치가 고정된 별의 — 우리 태양계를 같은 무리의 형제 태양계들과 갈라놓는 저 무지막지한 간극의 반대쪽 끝에서 반짝이는 무수한 태양들 중 어느 하나의 — 거리에 대해 천문학은 최근까지도 어떤 대답도 내놓을 수 없었다. 가장 밝은 별들을 가장 가까이에 있는 것으로 가정한다면, **그 별들**에 대해서조차 우리가 말할 수 있는 것은 그것들이 있을 리 없는 이쪽 편까지만 해도 불가해한 거리가 가로놓여 있다는 것뿐이다 — 그 별들이 그 너머로 얼마나 멀리 있는지 확인할 방법은 우리에게 전무했다. 우리는 이를테면 직녀성이 19조 2,000억 마일보다 가까이 있을 수 없다는 것을 알아냈지만, 우리가 알았던 모든 것, 실은 지금 알고 있는 모든 것에도 불구하고 직녀성은 방금 언급한 숫자의 제곱, 아니 세제곱, 아니 그 어느 제곱만큼 떨어져 있을지도 모른다. 하지만 새로운 기구로 여러 해 동안 놀랍도록 세밀하고 신중한 관찰을 공들여 계속한 덕에, **베셀**은 최근 별 예닐곱 개의 거리를 구하는 데 성공했는데, 그중 하나가 백조자리 61이다(베셀은 얼마 전 작고했다). 백조자리 61까지의 확인된 거리는 지구에서 태양까지의 거리의 67만 배로, 지구에서 태양까지의 거리는 기억하다시피 9,500만 마일이다. 그렇다면 백조자리 61은 우리에게서 64조 마일 가까이 떨어져 있으며 — 이는 직녀성에 대해 **최대한 줄잡아** 추정한 거리의 세 배를 넘는다.

달까지의 거리를 추정하려고 시도했을 때처럼 **속력**에 빗대어 이 간격을 파악하고자 한다면, 대포알의 속도나 음속 같은 것은 아예 논외로 해야 한다. 하지만 빛은 슈트루베[71]의 최근 계산에 따르면 초당 16만 7,000마일의 속력으로 진행한다. 생각조차도 이 간격을 더 빨리 통과할 수는 없다 — 통과할 수 있는지도 의문이지만. 하지만 이 상상할 수 없는 속도로도 빛이 백조자리 61에서 우리에게 오기까지는 10년이 넘게 걸리며, 따라서 백조자리 61이 지금 이 순간 우주에서 지워지더라도, 10년 동안은 그 모순된 영광이 바래지 않은 채 여전히 빛을 발할 것이다.

이제 태양과 백조자리 61 사이의 간격이 우리에게 아무리 막연할지언정 그것을 염두에 두고서, 이 간격이 아무리 말할 수 없이 거대하더라도 우리가 고찰할 수 있는 것은 우리 태양계와 백조자리 61의 태양계가 속한 무리, 즉 '성운'을 이루는 무수한 별들 사이의 평균 간격에 불과하다는 것을 명심하라. 나는 이 사례를 서술하면서 실은 적잖이 수위를 낮췄다 — 우리는 백조자리 61이 가장 가까운 별들 중 하나라고 믿을 만한 훌륭한 이유가 있으며, 그리하여 적어도 지금으로서는 우리에게서 백조자리 61까지의 거리가 은하수라는 거대한 무리에서 별과 별 사이의 평균 거리보다 작다고 결론 내릴 충분한 이유가 있다.

그리고 여기에서 다시 한번 마지막으로 말해두자면, 우리가 방금 말한 것조차 하찮다고 보는 것이 타당할 것이다. 우리 무리나 그 어떤 무리에 있는 별과 별 사이의 공간에 대해

71 러시아계 미국인 천문학자 오토 슈트루베.

서는 그만 놀라고, 우주에서 우리가 이해할 수 있는 모든 무리 속에서 무리와 무리 사이의 간격으로 생각의 방향을 돌려보자.

빛이 초당 16만 7,000마일의 속도로 — 즉 분당 약 1,000만 마일, 또는 시간당 약 6억 마일로 — 진행한다는 것은 이미 언급했지만 — 몇몇 '성운'은 우리에게서 어찌나 멀리 떨어져 있던지 빛조차도 이 속력으로 질주하더라도 그 신비로운 영역으로부터 **3백만 년** 이내에는 우리에게 도달할 수 없고 실제로도 도달하지 않는다. 이 계산은 게다가 대大 허셜[72]에 의한 것으로, 그의 망원경의 가시거리 안에 있는 비교적 가까운 무리들에 대해서만 적용된다. 하지만 '성운'들 중에는 로스 경의 마법 튜브[73]를 통해, **백만 누대** 전의 비밀을 이 순간 우리 귀에 속삭이는 것들도 **있다**. 한마디로, 우리가 지금 — 이 순간 — 그 세계들에서 — 목격하는 사건들은 **백만 세기 전** 그곳 거주자들이 겪은 바로 그 사건들이다. 이 표현이 우리의 **영혼**에 — 정신이라기보다는 — 내리누르는 것과 같은 간격에서 — 거리에서 — 우리는 마침내 **양**과 관련한 지금까지의 모든 하잘것없는 고찰에 걸맞은 클라이맥스를 맞닥뜨린다.

72 윌리엄 허셜. 천왕성을 발견했으며 성운이 별로 이루어져 있다는 가설을 세웠다.

73 3대 로스 백작 윌리엄 파슨스의 버 성에 있던, 당시 세계 최대의 망원경.

우리의 공상을 이렇듯 우주적 거리로 채운 채 천문학적 고찰의 다져진 길을 추구하는 동안, 앞에서 언급한 헤아릴 수 없는 허공을 설명하는 과정에서 — 그토록 완전히 비어 있고 따라서 전혀 불필요해 보이는 간극들이 별과 별 사이에 — 무리와 무리 사이에 — 가로놓인 이유를 이해하는 과정에서 — 간단히 말해서, 우주를 구성하는 바탕으로 여겨지는 공간의 규모가 그토록 어마어마해야 하는 충분한 이유를 이해하는 과정에서 우리가 번번이 겪은 어려움에 대해 이야기하고자 한다. 이 현상의 합리적 이유를 제시하는 데 천문학은 분명히 실패했다고 나는 주장한다 — 하지만 이 에세이에서 한 발짝 한 발짝 내디디며 고찰한 덕분에 우리는 공간과 시간이 하나임을 뚜렷하고도 즉각적으로 인지할 수 있다.[74] 우주를 구성하는 물질적 부분의 장엄함과 그 정신적 목적의 지고함에 부합하는 영역 전체를 우주가 감당할 수 있으려면, 태초의 원자 확산은 비록 무한하지는 않되 상상할 수 없는 규모로 이루어져야 했다. 한마디로, 별들은 보이지 않는 성운 상태에서 보이는 상태로 뭉쳐 — 즉, 성운 상태에서 합병 상태로 진행하여 — 생명 발달의 이루 말할 수 없이 무수하고 복잡한 변이들을 탄생시키고 사멸시키며 나이를 먹어야 했다 — 별들은 이 모든 일을 해야 했으며 — 이 모든 거룩

74 이 문장은 포가 현대적 의미의 시공간을 이해하고 있음을 보여주는 명백한 증거다.

한 목적을 — 필연적 종말이 놓여 있는 합일을 향해, 거리의 제곱에 반비례하여 증가하는 속력으로, 만물이 돌아가는 기간 동안에 — 온전히 성취할 시간이 있어야 했다.

이 모든 것에 걸쳐 거룩한 적응이 절대적으로 정확하게 작용하고 있음은 쉽게 이해할 수 있다. 별들의 밀도는 물론 응축이 감소하는 만큼 각각 증가하고, 응축과 이질성은 서로 보조를 맞추며, 응축의 지표인 이질성을 통해 우리는 생기적이고 정신적인 발달을 추정한다. 그리하여 천체의 밀도를 알면 그 목적이 얼마나 달성되었는지 알 수 있다. 밀도가 증가함에 따라 — 거룩한 의도가 성취됨에 따라 — 성취되어야 하는 것이 줄어들고 또 줄어듦에 따라 — 종말이 점점 — 같은 비율로 — 다가오는 것을 알 수 있으며 — 그리하여 철학적 정신은 별들을 지은 거룩한 설계가 그 성취를 향해 수학적으로 진행된다는 것을 쉽게 파악할 것이고 — 그뿐 아니라 그 진행에 수학적 표현을 쉽게 부여할 것이며, 그 진행의 속도가 창조의 출발점이자 목표로부터 창조된 만물까지의 거리의 제곱에 반비례한다고 판단할 것이다.

하지만 이 거룩한 적응은 수학적으로 정확할 뿐 아니라, 단순한 인간 창조성의 결과물과는 달리 거룩한 것으로서 구별되는 무언가가 있다. 내가 말하려는 것은 적응의 완전한 상호성이다. 이를테면 인간의 창조 행위에서는 특정한 원인에 특정한 결과가 따르며 특정한 의도가 특정한 목적을 달성하지만, 이것이 전부여서 여기에는 상호성이 전혀 없다. 결과는 원인에 재작용하지 않으며 의도는 목적과의 관계를 변화시키지 않는다. 이에 반해 거룩한 창조에서는 어떻게 보느냐에 따라 목적이 설계일 수도 있고 목적일 수도 있으며 — 우리는 어느 때든 원인을 결과로 취할 수도 있고 결과를 원인으로 취할 수도 있기에 — 어느 것이 어느 것인지 결코 절대적으로 판단할 수 없다.

예를 들자면 — 극지 기후에서 인간의 체형은 체온을 유지하기 위해, 모세관에서 연소가 일어날 수 있도록 고래기름[75] 처럼 질소가 풍부한 식량을 풍부하게 섭취해야 한다. 그러나 다시 말하지만 — 극지 기후에서 인간이 구할 수 있는 거의 유일한 식량은 그곳에 풍부한 물범과 고래의 기름이다. 이제 기름은 반드시 필요하기 때문에 곁에 있는 것일까, 유일하게 구할 수 있는 것이기 때문에 유일하게 필요한 것일까? 판단은 불가능하다. 여기에는 절대적인 **적응의 상호성**이 있다.[76]

인간의 창의성이 발휘될 때 우리가 느끼는 쾌감은 이런 종류의 상호성에 얼마나 **접근하느냐**에 비례한다. 이를테면 허구 문학에서 **플롯**을 창조할 때 우리는 사건들을 배치하면서 어느 사건에 대해서도 그것이 다른 것에 의존하는지 그것을 떠받치는지 판단할 수 없도록 하는 것을 목표로 삼아야

75 해양 동물의 지방으로, 고래뿐 아니라 물범이나 대구에서도 얻을 수 있다.
76 현대의 공진화 개념을 예견한 표현.

한다. 이런 의미에서 물론 플롯의 완벽성은 사실, 또는 현실적으로 달성할 수 없다 — 하지만 그 이유는 유한한 지성에 의해 창조되기 때문일 뿐이다. 신의 플롯은 완벽하다. 우주는 신의 플롯이다.

이제 우리는 지성이 다시 자신의 유추 성향에 맞서 — 무한에 대한 편집증적 애착에 맞서 — 투쟁해야 하는 시점에 도달했다. 달들은 행성을, 행성은 항성을 공전하는 것이 관찰되었으며, 인류의 시적 본능은 — 대칭이 단지 피상적 대칭을 일컫는 것이라면, 대칭 본능은 — 인간뿐 아니라 모든 피조물의 영혼이 처음부터, 우주적 복사의 기하학적 토대로부터 취한 이 본능은 — 이 순환 체계가 끝없이 연장되리라는 공상을 품게 한다. 연역과 귀납에 똑같이 눈 감고서 우리는 은하수의 모든 구체가, 우리가 모든 것의 중심축으로 여기는 거대한 구체를 공전하는 모습을 상상하라고 주장한다. 거대한 무리의 무리 속의 각 무리는 물론 재료와 구성이 비슷하다고 상상되는데, 한편 '유추'가 결코 부족하지 않다면 우리는 더 나아가 이 무리들 자체가 다시 어떤 더욱 장대한 구를 공전하고 — 이 구가 또다시 자신을 공전하는 무리들을 거느린 채 자신의 중앙에 있는 또 다른 구체를 — 훨씬 이루 말할 수 없이 숭고한 구체를 — 차라리 무한한 숭고함에 무한한 숭고함을 무한히 곱한 만큼 숭고한 구체를 중심으로 선회한다고 상상한다. 어떤 사람들이 '유추'라 이름 붙인 목소리가 공상으로 하여금 묘사하고 이성으로 하여금 숙고하라고 — 가능하다면 그 그림에 불만을 품지 않은 채 — 촉구하는 조건들은 영원히 계속되는 그런 조건들이다. 우리가 적어도 최상의 방식으로 이해하고 설명할 것을 철학으로부터 지시받은 끝없는 맴돌이 너머의 맴돌이는 일반적으로 그런 식이다. 하지만 이따금 어떤 버젓한 철학자가 — 격앙하여 매우 결정적으로 돌아서서 — 더 점잖게 표현하자면, 천재성에다 세탁부 같은 성격을 한껏 발휘하여 모든 일을 열 배로 해내는 자가 — 우리로 하여금 문제의 공전 과정이 끝나는, 마땅히 끝나야 하는 점을, 시야 밖에 있는 바로 그 점을 볼 수 있게 한다.

푸리에의 몽상은 조롱하는 것조차 어쩌면 별무소용이지만 — 최근에는 매들러 가설이 많이 회자되었는데 — 그것은 은하수 중심부에 어마어마하게 큰 구체가 있고 모든 계가 그 구체를 공전한다는 것이다. 우리 태양계의 공전 주기는 실제로 천명되었는데 — 1억 1,700만 년이다.[77]

우리 태양이 자전과 별개로 공간 속에서 운동하고 태양계의 중력 중심을 공전한다는 추측은 오래전부터 있었다. 이 운동은, 만일 존재한다면 시점視點에 의해 드러날 것이다. 창공에서 우리 뒤쪽으로 멀어지는 영역에 있는 별들은 억겁의 세월을 거치면서 빽빽해졌을 것이고, 반대쪽 영역에 있는 별

77 태양이 우리 은하 중심을 공전하는 실제 주기는 2억 3,000만 년이다.

들은 듬성해졌을 것이다. 이제 천문학적 역사의 도움으로, 우리는 그런 현상이 몇 가지 일어났음을 어렴풋하게나마 확인할 수 있다. 이런 바탕에서 우리 태양계는 천상에서 헤라클레스자리 제타 별의 정반대 지점을 향해 움직이고 있다고 선언되었으나[78] — 이 추론이 아마도 우리가 논리적으로 정당화할 수 있는 최대치일 것이다. 하지만 매들러는 플레이아데스 성단의 알키오네라는 별을 콕 집어 총체적 **공전**의 중심으로 지목하기까지 했다.

이제 우리를 우선 이 꿈들로 이끄는 것은 '유추'이므로, 그 꿈을 발전시키는 과정에서 우리가 적어도 어느 정도는 유추를 따라야 하고, 공전을 암시하는 유추가 그와 동시에 공전의 중심에 있는 중앙 구체를 암시한다는 것은 더없이 타당하다 — 여기까지는 매들러에게 정합성이 있었다. 하지만 이 중앙 구체는 역학적으로 주위의 모든 구체를 합친 것보다 더 커야 한다. 주위에는 그런 구체가 약 1억 개나 있다. 당연히 다음과 같은 의문이 제기될 수밖에 없었다. "그렇다면 이 거대한 중심부의 — 우리 태양 같은 태양 1억 개의 질량과 **적어도 맞먹는** — 태양이 우리에게 **보이지** 않는 이유는 무엇인가 — 왜 우리가 — 무엇보다 무리의 가운데 영역 — 즉, 이타의 추종을 불허하는 별이 어쨌거나 있어야 하는 바로 그

78 포가 참고한 니콜의 책에서는 우리 태양계가 헤라클레스자리를 향해 이동한다고 나와 있으며, 포가 착각한 것으로 보인다.

근처 지점 — 을 차지하고 있는 우리에게 — 보이지 않는가?" 돌아온 답은 간단했다 — "우리 행성들처럼 비발광성인 것이 틀림없다." 그러자 여기서 목적에 걸맞게 유추가 불쑥 발동한다. 이렇게 말할 수 있을 것이다. "우리는 비발광성 태양이 실제로 존재한다는 것을 알고 있지 않은가." 적어도 그렇게 가정할 만한 이유가 있는 것은 사실이지만, 문제의 비발광성 태양들이 **발광성** 태양들에 둘러싸여 있고, 이 태양들이 다시 비발광성 행성들에 둘러싸여 있다고 가정할 이유가 전혀 없는 것은 분명하다 — 바로 이것과 비슷한 것을 매들러는 천상에서 찾아내야 한다 — 그가 은하수의 사례에서 상상하는 것은 오로지 바로 이것이기 때문이다. 사정이 그렇다고 인정한다면, 여기서 우리는 **왜 그러한가**가 모든 **아 프리오리** 철학자들에게 얼마나 서글픈 수수께끼로 입증될 수밖에 없는지 그려보지 않을 수 없다.

하지만 거대한 중앙 구체의 비발광성을 유추와 나머지 모든 것에도 불구하고 인정하더라도, 우리는 여전히 이토록 거대한 구체가, 1억 개의 영광스러운 태양들이 사방에서 번쩍거리며 뿜어대는 빛의 홍수에 잠긴 채 우리 눈에 보이지 않는 것이 어찌된 연유인지 의문을 던질 수 있다. 이 궁금증을 캐물었더니, 중심에 실제로 단단한 태양이 있다는 관념은 어느 정도 폐기된 것처럼 보이며, 추측은 무리의 태양계들이 단지 모두에게 공통된 비물질적 중력 중심을 공전한다는 단언으로 이어졌다. 그렇다면 여기서 다시 목적에 걸맞게 유추가 발동한다. 우리 태양계의 행성들이 공통의 중력 중심을 공전하는 것은 사실이지만, 행성들의 공전은 태양계 나머지의 질량을 상쇄하고도 남는 질량을 가진 물질적 태양과 연계되어 있으며 그 태양의 결과다.

수학적 원은 무한한 직선들로 이루어진 곡선이다. 하지만 이 원 개념—모든 통상적 기하학의 관점에서 볼 때 현실적 개념과 대조적으로 단지 수학적일 뿐인 개념—은 엄연한 사실에 의해 우리 태양계가 은하수 중심의 한 점을 공전한다고 가정할 때, 우리가 적어도 공상 속에서 상정해야 하는 거대한 원에 대해 우리가 생각할 수 있는 유일한 **현실적** 관념이다. 가장 활발한 인간적 상상력으로 하여금 그토록 형언할 수 없는 경지의 이해를 향해 단 한 걸음이라도 내디디게 하라! 번개의 섬광이 이 형언할 수 없는 원의 둘레를 **영원히** 이동하면서 여전히 **영원히** 직선으로 이동하고 있으리라고 말하는 것은 역설이라고 보기 힘들다. 이런 궤도에서 우리 태양의 경로가 시력이 아무리 좋은 사람에게도, 심지어 백만 년이 지나도록 직선으로부터 조금이라도 어긋나리라는 것은 상상할 수도 없는 명제이지만—그럼에도 우리는 우리 천문학적 역사의 짧은 기간에—한낱 찰나에—2,000~3,000년이라는 순전한 무의 기간에 곡률이 나타났다는 것을 믿으라고 요구받는다.

우리 태양계가 지금은 탄탄히 확립된 진행 방향으로 공간을 가로지르는 방향에서 매들러가 곡률을 실제로 확인했다고 말할 수는 있을 것이다. 이 사실이 그런 현실 속에 존재한다고 필요에 따라 인정한다면, 나는 이 사실 — 곡률이 존재한다는 사실 — 의 현실성 말고는 이로써 밝혀지는 것이 아무것도 없다고 주장한다. 그것을 완전무결하게 확정하려면 억겁의 세월이 필요할 것이며, 그것이 확정되었을 때 이것은 우리 태양과 근처 별들 한두 개 사이의 몇몇 양자적 또는 다자적 관계를 시사하는 것으로 밝혀질 것이다. 하지만 많은 세기가 지난 뒤에, 우리 태양이 공간을 통과하는 경로를 확정하려던 모든 시도가 무익한 것으로 폐기되리라고 예측하는 데는 어떤 모험도 필요하지 않다. 모든 것이 은하수의 핵을 향해 일제히 다가갈 때, 다른 구체들과의 끊임없이 변화하는 관계들로부터 태양이 무한한 변동을 겪으리라는 사실을 생각해보면 쉽게 상상할 수 있다.

하지만 은하수 이외의 다른 '성운'을 조사하여 — 천상에 퍼져 있는 무리들을 전반적으로 관측하여 — 매들러 가설의 증거를 발견하게 될까? 그렇지 않다. 무리의 형태는 언뜻 보면 엄청나게 다양하지만, 고성능 망원경으로 면밀히 관측하면 모두가 적어도 구와 비슷한 형태이며 — 그 구성은 공통 중심을 공전한다는 개념과는 전반적으로 상충한다는 것을 매우 뚜렷하게 알 수 있다.

존 허셜 경이 말한다. “그런 계의 역학적 상태에 대해서는 어떤 관념도 수립하기 힘들다. 한편으로는 회전 운동과 원심력이 없기에 점진 붕괴 상태에 있다고 간주하지 않기가 힘들지만, 다른 한편으로는 그런 운동과 그런 힘을 가정하더라도 내부 충돌이 필연적으로 일어나지 않을 유일한 조건인 단일 축을 전체 계[무리를 뜻한다]가 공전하는 현상과 그것들의 형태를 조화시키는 것 또한 힘들기는 마찬가지다.”

니콜 박사는 우주적 조건들에 대해 이 소론에서와는 사뭇 다른 관점을 채택했는데, ‘성운’에 대한 그의 최근 언급 몇 가지는 매우 독특하게도 당면 논점에 적용된다. 그가 말한다. “가장 큰 망원경으로 들여다본다면, 우리는 불규칙하다고 생각되던 것들이 그렇지 않음을 알게 된다. 그것들은 구체에 근접한다. 타원형으로 보이던 것이 로스 경의 망원경에서는 원으로 보였다. (…) 이제 비교적 원형으로 회전하는 성운 덩어리와 관련하여 매우 눈에 띄는 상황이 벌어진다. 우리는 그것들이 완전한 원이 아니라 그 반대이며, 주위 사방에서 어마어마하게 많은 별들이, 마치 어떤 거대한 힘이 작용한 결과로 어떤 거대한 중앙의 덩어리를 향해 질주하듯 뻗어 나가고 있음을 발견한다.”[79]

79 [원주] 내 말은 매들러 가설의 공전 부분만을 특별히 부정하는 것으로 이해되어야 한다. 물론, 지금은 우리 무리에 어떤 거대한 중앙 구체도 존재하지 않더라도 장차 그런 것이 존재할 것이다. 그것이 만일 존재한다면, 분명히 합병의

모든 물질이 내가 주장하듯 태초의 합일로 돌아가고 있다는 가설에서 각 성운의 기존 조건이 어때야 하는가를 내 나름의 표현으로 서술하려면, 니콜 박사가 여기서 구사한 언어를, 이 성운 현상의 핵심인 어마어마한 진리에 대해 일말의 의심도 없이 거의 글자 그대로 단순히 되짚어야 할 것이다.

여기서 내 입장을 매들러보다 위대한 — 게다가 매들러가 가진 모든 데이터를 꼼꼼하고 속속들이 고찰하여 오래전부터 친숙하게 알던 — 사람의 목소리로 한층 뒷받침해보겠다. 아르겔란더[80] — 매들러의 기반이 되는 바로 그 연구자들 — 의 정교한 계산을 일컬어, 일반화 능력 면에서 아마도 타의 추종을 불허한 **훔볼트**는 아래와 같이 말했다.

"별들의 참된, 즉 본연의, 즉 시점과 무관한 운동을 고려하면, **많은 별 집단이 반대 방향으로 움직이는** 것을 알게 되며, 현재 우리 수중에 있는 데이터에 따르면 은하수를 구성하는 계, 또는 우주를 일반적으로 구성하는 무리들이 미지의 특정 중심을, 그것이 발광체이든 비발광체이든 적어도 공전하고 있다고 상상할 필요가 없어진다. 근본적 제1 원인에 대한 갈망이 인간의 지성과 공상을 그런 가설의 채택 쪽으로 밀어붙이는 것에 불과하다."[81]

핵에 다름 아닐 것이다.

80 프로이센의 천문학자 프리드리히 빌헬름 아르겔란더.

81 [원주] Betrachtet man die nicht perspectivischen eigenen Bewegungen der

여기서 언급한 현상—"많은 별 집단이 반대 방향으로 움직이는" 것—은 매들러의 개념으로는 도무지 설명할 수 없지만, 이 소론의 토대로부터는 필연적 귀결로서 생겨난다. 각 원자의—각각의 달이나 행성, 별, 무리의—**그저 일반적인 방향**은, 내 가설에서는 물론 절대적으로 일직선일 테지만, 또한 모든 천체의 **일반적** 경로는 모든 것의 중심으로 이어지는 직선일 것일 테지만, 그럼에도 이 일반적 일직선성은 우리가 거의 과장하지 않고 특정한 곡선의 무한성—일직선성으로부터의 무한한 국지적 일탈—각각이 종말을 향한 나름의 여정을 이어갈 때 다양한 덩어리 간의 끊임없는 상대적 위치 변화로 인한 결과라고 이름 붙일 만한 것으로 이루어진 것이 분명하다.

나는 방금 존 허셜 경에게서 무리와 관련하여 쓰인 다음 문구를 인용했다—"한편으로는 회전 운동과 원심력이 없기에, **점진 붕괴** 상태에 있다고 간주하지 않기가 힘들다." 사실은 고성능 망원경으로 '성운'을 관측하면, 이 '붕괴' 개념

Sterne, so scheinen viele gruppenweise in ihrer Richtung entgegengesetzt; und die bisher gesammelten Thatsachen machen es auf's wenigste nicht nothwendig, anzunehmen, dass alle Theile unserer Sternenschicht oder gar der gesammten Sterneninseln, welche den Weltraum füllen, sich um einen grossen, unbekannten, leuchtenden oder dunkeln Centralkörper bewegen. Das Streben nach den letzten und höchsten Grundursachen macht freilich die reflectirende Thätigkeit des Menschen, wie seine Phantasie, zu einer solchen Annahme geneigt.

을 한번 상상하고 나면 개념의 증거를 모든 측면에서 모아들이지 않기가 오히려 무척 불가능해질 것이다. 핵은 언제나 뚜렷이 나타나며, 별들은 그 방향으로 질주하는 듯하다. 이 핵들은 단순한 시점상의 현상으로 착각할 수도 없다 — 무리는 정말로 중심 근처에서는 빽빽하고 — 중심에서 멀리 떨어진 곳에서는 듬성듬성하다. 한마디로 우리에게는 모든 것이 붕괴가 일어나고 있을 때 보여야 하는 대로 보이지만, 일반적으로 이 무리들에 대해서는, 바라보는 동안 중심을 도는 궤도 운동 개념에 대해 제대로 생각하려면 우리에게 친숙하지 않은 역학 법칙이 공간의 아득한 영역에 존재할 가능성을 인정해야만 한다.

그러나 허셜은 성운이 '점진 붕괴의 상태'에 있다고 간주하기를 꺼리는 기색이 역력하다. 하지만 사실에서 — 심지어 겉모습에서 — 성운이 이 상태에 있다는 가정이 정당화된다면 왜 그가 인정하지 않으려 드는지 궁금할 법도 하다. 그것은 단지 편견 때문이요 — 이 가정이 아무 근거 없는 선입견과 — 끝이 존재하지 않는다는 선입견과 — 우주가 영원히 안정성을 유지하리라는 선입견과 — 정면충돌하기 때문이다.

이 소론의 명제들에 일리가 있다면 '점진 붕괴의 상태'야말로 우리가 만물을 고찰할 때 가정할 수 있는 유일하게 타당한 상태이며, 여기서 온당한 겸허함을 품고서 고백하자면 나로서는 기존 상태에 대해 다른 생각을 가지는 것이 어떻게 인간의 두뇌로 가능한지 어리둥절할 따름이다. '붕괴 성향'과 '중력의 끌어당김'은 서로 바꿔 쓸 수 있는 표현이다. 어느 쪽을 쓰든 우리가 일컫는 것은 최초의 행위에 대한 반작용이다. 물질적 본성의 일부를 형성하는 뿌리 깊은 **성질** — 즉, 물질적 본성과 **영원히** 분리할 수 없는 — 그 양도 불가능한 원리를 통해 모든 원자는 동료 원자를 찾도록 **끊임없이** 재촉받는다 — 성질, 또는 본능이 물질에 스며 있다고 가정하는 것은 무엇보다 명백하게 필연적이었다. 이 비철학적 개념에 대해 생각하는 것은 무엇보다 명백하게 필연적이었다. 우리는 통념적 사유를 과감히 뛰어넘어, 끌어당김 원리가 물질에 적용되는 것은 **일시적** 현상이며 — 즉, 확산하는 동안에만 — 하나로서 대신 여럿으로서 존재하는 동안에만 — 일어나며, 그것은 오로지 복사 상태 때문이요 — 한마디로, 결코 물질 **자체**가 아니라 물질이 처한 **조건** 때문이라고 형이상학적으로 상상해야 한다. 이 관점에서 보자면, 복사가 그 원천으로 돌아갔을 때는 — 반작용이 마무리되었을 때는 — 끌어당김 원리가 더는 존재하지 않을 것이다. 실제로 천문학자들은 여기서 제시한 개념에 단 한 순간도 도달하지 않고서도 "우주에 천체가 하나밖에 없었다면 그 원리가, 중력이 어떻게 생겨날 수 있었는지 이해하는 것은 불가능했을 것이다"라는 단언에서 보듯 그 개념에 접근했던 것 같다 — 말하자면 그들은 물질을 관측한 결과에 대해 고찰함으로써 내가 연역적으로 도달하는 결론에 도달한다. 방금 인용한 것처럼 설득력 있는 주장이 그럼에도 그토록 오랫동안 어떤 결실도 거두지 못했다는 것은 내게 풀기 힘든 미스터리다.

하지만 우리가 엉뚱한 곳으로 이끌린 것에는 어쩌면 연속적인 것을 — 유추적인 것을 — 지금의 경우라면 더 구체적으로, 대칭적인 것을 — 지향하는 성향이 한몫했는지도 모르겠다. 사실, 사람들은 대칭 감각이라는 본능에 거의 맹목적 신뢰를 품은 채 의존하고 있는 듯하다. 대칭성이야말로 우주의 — 그 대칭성의 숭고함 면에서 시들 중 가장 숭고한 시에 불과한 **우주의** — 시적 본질이다. 대칭성과 정합성은 서로 바꿔 쓸 수 있는 용어이므로 — 시와 진리는 하나다. 사물은 진리에 비례하여 정합하며 — 정합성에 비례하여 참되다. 다시 말하지만, **완벽한 정합성은 절대적 진리일 수밖에 없다**. 그렇다면 우리는, 대칭적 본능이기에 인간의 참된 본능이라고 내가 주장한 바 있는 시적 본능을 길잡이로 삼는다면 크게 잘못될 리 없다고 여겨도 무방하다. 하지만 형태와 운동의 표면적 대칭성을 성급하게 추구하다가 이 대칭성을 결정하고 좌우하는 원리들의 진정으로 본질적인 대칭성을 간과하지 않도록 조심해야 한다.

천체들이 마침내 하나로 합쳐지리라는 것 — 마지막에는 모든 것이 **이미 존재하는 하나의 거대한 중앙 구체**에 끌려 들어가 재료가 되리라는 것 — 은 얼마 전까지만 해도 모호하고도 막연하게 인류의 공상 속에 존재하던 개념이다. 하지만 이것은 사실 **지나칠 정도로 명백한** 부류에 속하는 개념이다. 가장 즉각적이고도 가장 가까이서 관측되는 현상 — 즉, 우주에 있는 각 부분들의 순환 운동과 **소용돌이꼴**로 보이는 운동 — 을 피상적으로 관측하기만 해도 이 개념은 대번에 도출된다. 일반적 학식과 평균적 사고력을 가진 사람 중에서 문제의 공상을, 살아오면서 언젠가 마치 자발적으로나 직관적으로 떠오른 것처럼, 또한 매우 심오하고 매우 독창적인 관념의 성격을 모조리 지닌 것처럼 떠올려보지 않은 사람은 아마도 없을 것이다. 하지만 그토록 흔히 떠오르는 이 관념은 내가 알기로는 어떤 추상적 고찰에서도 결코 생겨난 적이 없다. 오히려 이 관념은 내가 말하듯 중심들을 도는 소용돌이꼴 운동에서 언제나 암시되기에, 그 이유 또한 — 모든 구체가 **이미 존재하는 것으로 상상되는** 하나의 구체로 모여드는 원인 또한 — 같은 방향에서 — 이 순환 운동 자체 속에서 — 자연스럽게 탐구되었다.

그리하여, 엥케 혜성이 우리 태양을 공전할 때마다 궤도가 점진적이고도 완벽히 규칙적으로 축소된다는 관찰 결과가 발표되자, 천문학자들은 문제의 원인이 발견되었다는 의견에 거의 만장일치로 찬성했다 — 다시 말하지만, 인간의 유추적인, 즉 대칭적인, 즉 시적인 본능을 통해 단순한 가설 이상의 무언가로서 이해되도록 정해진 최종적인 우주적 응집을 물리학적으로 설명하기에 충분한 원리가 발견되었다는 것이다.

이 원인 — 천체가 최종적으로 모여드는 충분한 이유 — 은 우주에 퍼져 있는 극히 희귀하지만 그럼에도 물질적인 매질에 있다고 선언되었다 — 이 매질이 혜성의 진행을 어느 정도 늦춰 그 접선력을 지속적으로 약화함으로써, 구심력 — 물론 혜성을 공전 때마다 태양에 점점 가까이 끌어당겨 결국 태양에 충돌하게 할 힘 — 이 우세하도록 했다는 것이다.

이 모든 것 — 매질, 즉 에테르를 받아들이는 것 — 은 지극히 논리적이었으나, 이 에테르가 가정된 것은 혜성의 궤도가 축소되는 관측 결과를 설명할 그 밖의 방법을 하나도 발견할 수 없었다는 가장 비논리적인 근거에서였으니 — 이것은 마치 그 밖의 설명 방법을 아무것도 발견할 수 없었다고 해서 그 밖의 어떤 설명 방법도, 어떤 측면에서도 존재하지 않는다고 결론 내리는 셈이었다. 무수한 원인들이 어우러져 우리가 그중 하나에도 친숙할 가능성조차 없는 채로 궤도가 축소될 수 있다는 것은 분명하다. 한편, 엥케 혜성이 근일점을 지나는 태양의 대기 가장자리에서 진행 속도가 느려지는 것으로 궤도 축소 현상을 충분히 설명할 수 없는 이유는 한 번도 분명히 밝혀지지 않았다. 엥케 혜성이 태양에 흡수되리라는 것은 있음직한 일이며, 태양계의 모든 혜성이 태양에 흡수될 가능성은 단순한 가능성을 넘어서지만, 그런 경우에 흡수 원리는 근일점에 있는 혜성들의 궤도가 특이한 탓으로 — 태양에 가까운 탓으로 — 보아야 하며, 우주의 참된 물질적 구성 요소로 간주해야 하는 거대한 구들에는 하등의 영향을 미치지 않는 원리다. — 혜성들에 대해, 일반적으로, 지나가는 말로, 여기서, 언급하자면, 우주적 천상의 번개 섬광으로 간주해도 크게 틀린 것은 아닐 것이다.

하지만 천체의 진행을 늦추는 에테르가 존재하고 만물이, 이 에테르를 통해, 최종적으로 응집한다는 관념은 고체 달의 궤도가 실증적으로 축소된다는 관측 결과로 한때 입증된 듯했다. 2,500년 전 기록된 월식을 근거로 들어, 위성(달)의 당시 공전 속력이 지금보다 현저히 느렸다는 사실이 발견되었는데, 달의 궤도 운동이 케플러 법칙을 일관되게 따르고 당시 — 2,500년 전 — 에 정확하게 기록되었다는 가설을 받아들일 경우, 달은 지금 있어야 하는 위치보다 9,000마일 가까이 앞으로 나와 있다는 것이다. 속력의 증가는 물론 궤도가 줄어들었다는 증거이며, 천문학자들이 이 현상을 설명하는 유일한 방법으로 에테르에 대한 믿음으로 재빨리 돌아서고 있을 때 라그랑주가 구원자로 나섰다. 그는 회전 타원체의 구조 때문에 타원의 장축은 길이가 일정한 반면에 단축은 길이 변화를 겪으며, 이 변화가 지속적이고 주기적임을 — 따라서 각 궤도는 원에서 타원으로, 또는 타원에서 원으로 전이하고 있음을 — 밝혀냈다. 달의 경우에는 단축이 감소하는 곳에서 궤도가 원에서 타원으로 바뀌어 결과적으로 역시 감소하지만, 오랜 시간이 지나 최종 이심률에 도달하면 단축이 증가로 돌아서서 궤도가 원이 되는데, 그러고 나면 단축 과정이 다시 일어나며 — 이런 식으로 영원히 되풀이된다. 지구의 경우는 궤도가 타원에서 원으로 바뀌고 있다. 이렇듯 입증된 사실들을 통해 에테르를 가정해야 할 필요성은 당연히 모조리 사라지며, 태양계의 불안정에 대한 — 에테르 설명에 따른 — 우려도 불식된다.

지금쯤 독자들은 우리가 '에테르'로 이름 붙일 만한 것을 나 자신이 이미 가정했다는 사실이 떠올랐을 것이다. 나는 우리가 알기로 물질에 언제나 동반되지만, 물질의 이질성을 통해서만 발현되는 미묘한 **영향**을 언급한 적이 있다. 이 **영향**을 — 그 어마어마한 **성질**을 설명하려고 시도하면서 한 번도 감히 직접 거론하지 않은 채 — 나는 전기, 열, 빛, 자기의, 더 나아가 — 생기, 의식, 생각의 — 한마디로 정신의 — 다양한 현상에 빗대어 간접적으로 언급했다. 그렇다면 이렇게 상상된 에테르가 천문학자들의 에테르와 근본적으로 다르다는 사실은 단박에 알 수 있을 것이다. 그들의 에테르는 **물질**이고 나의 에테르는 그렇지 않으니 말이다.

이렇듯 물질적 에테르 개념은 인류의 시적 공상에 의해 그토록 오래전에 결정지어진 우주적 응집 사상을 완전히 저버린 듯하다 — 이 시적 공상에 의해 그렇게 결정지어졌다는 이유만으로도 건전한 철학이 이 응집에 믿음을, 적어도 어느 정도는 둘 법도 했지만 말이다. 하지만 천문학에서는 — 다름 아닌 물리학에서는 — 우주의 순환이 영구적이며 — 우주에는 상상할 수 있는 끝이 없다고 말한다. 하지만 종말이 에테르처럼 순전히 부차적인 원인을 통해 입증되었다고 한다면, 거룩한 **적응 능력**에 대한 인간의 본능적 감각은 그 입증에 반발했을 것이다. 우리는 불필요하게 복잡한 인간 예술 작품을 감상할 때 경험하는 것과 같은 불만을 우주에 대한 고찰에서도 느낄 수밖에 없었을 것이다. 창조는 로맨스에서의 불완전한 **플롯**처럼 느껴졌을 것이다. **대단원**이 논제의 품 안으로부터 — 지배적 아이디어의 심장으로부터 — 튀어나오는 것이 아니라 — 즉, 기본 명제의 결론으로서 — 책의 기본 관념에 내재한 불가분의 필연적 부분으로서 — 생겨나는 것이 아니라 — 주제 바깥에서 주입된 이질적 사건들에 의해 꼴사납게 들이밀어지는 셈이니 말이다.

이제 한낱 표면의 대칭성이라는 말로 내가 무엇을 의미하는지 더 뚜렷이 이해할 수 있을 것이다. 구체들이 소용돌이처럼 끌려 들어간다는 일반적 개념에 — 매들러 가설은 이 개념의 한 부분에 지나지 않는다 — 우리가 이끌린 것은 단지 이 대칭성에 홀렸기 때문이다. 이 앙상한 물리적 관념을 폐기하면, 원리의 대칭성은 만물의 종말이 태초의 생각에 형이상학적으로 결부되어 있음을 암시한다. 우리는 만물의 기원 속에서 종말의 싹을 찾고 찾아내며, 이 종말이 **태초의 창조 행위에 대한 반작용**을 통해서보다 덜 단순하게 — 덜 직접적으로 — 덜 명백하게 — 덜 예술적으로 일어날 수 있다는 가정이 불경하다고 느낀다.

그렇다면 앞선 주장으로 돌아가, 태양계를 — 각각의 별과 그에 딸린 행성들을 — 태초에 실제 원자들이 우주적 구에 복사하여 퍼져나간 뒤에 이 원자들을 특징지은 바로 그 합일 성향을 지닌 채 공간에 존재하는 거대한 원자에 지나지 않는 것으로 생각해보자. 이 태초의 원자들이 전반적으로 직선으로 서로를 향해 내달린 것처럼, 태양계-원자가 각자의 응집 중심을 향해 나아가는 경로가 적어도 전반적으로 일직선이라고 상상해보자 — 태양계가 이렇게 직접적으로 끌어당겨져 무리를 이루고 무리 자체도 이와 비슷하게 동시에 끌어당겨져 합병됨에 따라, 우리는 마침내 위대한 **지금** — 무지막지한 현재 — 우주의 현 상태 — 에 도달했다.

더욱 무지막지한 미래에 대해서는, 비합리적이지 않은 유추를 길잡이 삼아 가설을 세울 수 있을 것이다. 각 태양계에서 구심력과 원심력 사이의 평형이, 태양계가 속한 무리의 핵에 일정한 거리로 접근하여 필연적으로 교란되면, 달들이 행성을 향해, 행성들이 태양을 향해, 태양들이 핵을 향해 마구잡이로, 또는 겉보기에 마구잡이로 돌진할 수밖에 없으며, 이 돌진의 전반적 결과로 창공에 지금 존재하는 무수한 별들이 거의 무한히 적은 개수의 거의 무한히 큰 구들로 뭉칠 수밖에 없다. 그날의 세계들은 우리의 세계에 비해 개수가 헤아릴 수 없이 적고, 크기가 헤아릴 수 없이 클 것이다. 그때 실로 아득한 심연 사이에서 상상할 수 없는 태양들이 이글거릴 것이다. 하지만 이 모든 것은 거대한 종말을 예고하는 절정의 장엄함에 지나지 않을 것이다. 방금 묘사한 새로운 창세는 이 종말의 매우 찰나적인 연기에 불과할 수밖에 없다. 합병을 겪는 동안 무리들 자체는 어마어마하게 가속되며, 자신의 총체적 중심을 향해 질주했는데 — 이제는 자신의 물질적 위엄에만, 하나임을 향한 정신적 열정에만 어울리는 천배의 전기적 속력으로, 별들의 부족部族에서 남은 거대한 잔여물들이 마침내 번득이며 하나로 포옹한다. 필연적 파국이 임박했다.

하지만 이 파국은 — 대체 무엇일까? 우리는 구체들이 모여드는 과정이 성취되는 것을 보았다. 이제부터 우리는 **하나의 물질적인 구들의 구**가 우주를 구성하고 포괄하는 것으로 이해하게 되지 않을까? 이런 공상은 이 소론의 모든 가정 및 고찰과 전면적으로 대립할 것이다.

나는 이미 거룩한 솜씨의 특징이며 이것을 거룩하게 하는 절대적 **적응의 상호성**을 언급한 바 있다. 지금까지의 고찰에서 우리는 전기적 영향을 언급하면서 그 척력에 의해서만 물질이 자신의 목적을 달성하는 데 필요한 확산 상태로 존재할 수 있다고 간주했다 — 지금까지는, 한마디로 전기적 영향이 물질을 위해 — 물질의 목적에 봉사하도록 — 운명 지어졌다고 간주한 것이다. 완벽하게 합당한 상호성을 발휘하여, 이제 우리는 물질을, **오로지 이 영향을 위해** — 오로지 이 정신적 에테르의 목적에 봉사하도록 — 창조된 것으로 보아도 무방하다. 그 도움을 통해 — 물질이라는 수단으로 — 물질의 작용을 통해, 또한 그 이질성 덕분에 — 이 에테르는 발현되며 — **정신은 개별화**된다. 물질의 특정 덩어리들이 생기 — 감각 — 을 그 이질성에 비례하여 얻는 것은 다름 아닌 이 에테르의 발달을, 이질성을 통해서이며 — 몇몇 덩어리는 우리가 **생각**이라고 부르는 것과 연관될 정도의 감각 능력에 도달함으로써 의식 차원의 지성을 획득한다.

이 관점에서는 물질을 수단으로 — 목적으로서가 아니라 — 지각할 수 있다. 이렇듯 물질의 목적은 확산에 담겨 있는 것으로 여겨지며, 동일성으로의 복귀와 함께 이 목적은 종료된다. 절대적으로 합병된 구들의 구는 **무목적적**일 것이며 — 따라서 잠시도 존재를 지속할 수 없다. 물질은 목적을 위해 창조되었기에, 그 목적이 성취되면 의심할 여지없이 더는 물질이 아닐 것이다. 물질이 사라지고 하나님이 만유의 주로서 만유 안에 계시게 되는 것을 이해하려고 애써보자.[82]

82 고린도전서 15장 28절 "이는 하나님이 만유의 주로서 만유 안에 계시려 하심이라" 참고.

거룩한 관념의 모든 결과물이 특정 설계와 함께 공존하고 공멸해야 한다는 것은 내게 무엇보다 명백해 보인다. 나는 최종적인 구들의 구가 **무목적적**임을 지각하는 순간 나의 독자 대부분이 나의 "**따라서** 존재를 지속할 수 없다"라는 표현에 만족할 것임을 나는 의심치 않는다. 그럼에도 그 찰나적 소멸이라는 가공할 생각은 지극히 추상적이기에 가장 뛰어난 지성조차 쉽사리 떠올릴 수 없으므로, 이 관념을 다른, 더 일상적인 관점에서 들여다보도록 하자 — 이 관념이 우리가 실제로 보는 대로의 물질에 대한 **아 포스테리오리** 고찰을 통해 얼마나 철저하고 아름답게 확증되는지 살펴보자는 것이다.

앞에서 나는 이렇게 말했다. "끌어당김과 밀어냄은 물질이 마음에 발현될 때의 유일한 성질이며, 물질은 끌어당김과 밀어냄으로만 **존재하고** — 끌어당김과 밀어냄이 **곧** 물질이며 — '물질'이라는 용어와 '끌어당김'과 '밀어냄'이라는 용어 쌍을 논리학적으로 동등한, 따라서 대체 가능한 표현으로 채택해서는 안 되는 경우는 하나도 상상할 수 없다고 가정해도 무방하다."[83]

끌어당김의 정의는 그 자체로 입자성을 — 즉, 부분이나 입자, 원자의 존재를 — 함축하는데, 이것은 우리가 끌어당김

83 [원주] 50쪽.

을 어떤 법칙에 따라 "각 원자 등이 나머지 모든 원자 등을 지향하는" 성향으로 정의하기 때문이다. 물론 부분이 **전무한** 곳에서는 — 절대적 합일이 있는 곳에서는 — 하느님을 향하는 성향이 충족되는 곳에서는 — 어떤 끌어당김도 있을 수 없으며 — 이것은 완전히 밝혀졌고, 모든 철학에서 인정하는 바다. 그렇다면 그 목적이 성취되어 물질이 근원적 조건 — 에테르가 더는 필요하지 않게 되어, 최종적으로 집합적인 끌어당김의 가공할 압력이 마침내 충분히 우세해져[84] 에테르를 몰아내는 그 위대한 날까지 원자들을 떼어놓는 것에 자신의 영역과 능력이 국한되는 분리적 에테르의 퇴출을 전제하는 조건 — 인 **하나로** 돌아가면 — 내가 말하건대, 물질이 마침내 에테르를 몰아내어 절대적 합일로 돌아가면 — 그렇게 되면 물질은 (당분간 역설적으로 표현하자면) 끌어당김과 밀어냄이 없는 물질일 것이요 — 달리 말하자면 물질 없는 물질일 것이요 — 다시 달리 말하자면, **더는 물질이 아닐** 것이다. 합일 속에 잠긴 물질은 모든 유한한 지각에 대해 합일의 마땅한 모습인 무無 속에 — 물질이 발생한 — 하느님의 결의에 의해 **창조된** — 원천으로서 우리가 유일하게 상상할 수 있는 물질적 공空 속에 — 한꺼번에 잠길 것이다.

그렇다면, 반복하건대 — 최종적인 구들의 구가 순식간에

84 [원주] "그렇다면 중력은 힘들 중에서 가장 큰 힘이어야 한다." — 76쪽을 보라.

사라지고 하느님이 만유의 주로서 만유 안에 계실 것임을 이해하도록 해보자.

하지만 여기서 멈춰야 할까? 그렇지 않다. 우주적 응집과 소멸이 일어나면, 우리는 새롭고 아마도 전혀 다른 일련의 조건 — 또 다른 창조와 복사, 그리고 자신으로의 복귀 — 거룩한 의지의 또 다른 작용과 반작용 — 이 뒤따라 생겨날지도 모른다고 쉽게 상상할 수 있다. 그 보편적 법칙들의 법칙인 주기성의 법칙을 상상의 길잡이로 삼는다면, 우리가 여기서 과감하게 고찰을 시도한 과정들이 영원히, 영원히, 또 영원히 재생되어, 거룩한 심장이 고동칠 때마다 새로운 우주가 부풀어 올라 존재했다가 무無로 짜부라질 것이라는 믿음에 대해 생각하는 것이 — 그보다는 오히려 희망을 품는 것이라고 하자 — 실로 정당화되고도 남지 않겠는가? 이제 — 이 거룩한 심장은 — 과연 무엇일까? **그것은 우리 자신의 심장이다.**

단지 겉으로 불경해 보일 뿐인 이 개념이 우리 영혼을 질겁하게 하지 않도록 의식을 냉철하게 구사하고 — 깊은 평온함으로 스스로를 들여다보자 — 이를 통해서만 우리는 이것의 존재를, 가장 숭고한 진리에 도달하여 여유롭게 정면으로 바라볼 희망을 품을 수 있다.

우리의 결론이 이 지점에서 근거로 삼아야 하는 현상은 한낱 정신적 그림자에 불과하지만, 그렇더라도 엄연히 속속들이 실질적이다.

우리의 세계존재라는 운명들의 사이사이를 거닐 때 우리를 둘러싸는 것은 더 거대한 운명에 대한 희미하지만 언제까지나 현존하는 기억 — 지나간 시절에 대한 아득하고 무한히 무시무시한 기억 — 이다.

우리는 어린 시절에 그런 꿈에 유난히 시달리지만, 결코 그것들을 꿈으로 착각하지 않는다. 그것들이 기억임을 우리는 안다. 어릴 적에는 그 차이가 너무 뚜렷하기에 우리는 단 한 순간도 기만당하지 않는다.

이 어린 시절이 지속되는 동안에는, 우리가 존재한다는 감각이야말로 모든 감각 중에서 가장 자연스럽다. 우리는 그 사실을 속속들이 이해한다. 우리가 존재하지 않던 시절이 있었다는 것, 또는 우리가 결코 존재하지 않았을 수도 있었다는 것 — 이것은 실로 이 어린 시절에는 이해하기 힘든 관념이다. 왜 우리가 존재해서는 안 되는가는, 우리가 성년에 이를 때까지는 모든 의문 중에서 가장 답하기 힘든 의문이다. 존재는 — 자기존재는 — 모든 시간으로부터 모든 영원에 이르는 존재는 — 성년에 이를 때까지는 정상적이고 의문의 여지가 없는 조건으로 보이는데 — 그렇게 보이는 것은 그렇기 때문이다.

하지만 이제 관습적 세계이성이 우리를 꿈의 진리로부터 깨우는 시기가 찾아온다. 의심, 놀람, 불가해성이 그와 동시에 찾아온다. 그들이 말한다 — "너는 살아 있고 그 시간은 네가 살아 있지 않던 시간이다. 너는 창조되었다. 네 지성보다 더 거대한 지성이 존재하며, 네가 살아 있는 것은 오로지 이 지성을 통해서다." 이런 것들을 우리는 이해하려 안간힘을 쓰지만 이해할 수 없다 — 이해할 수 없는 것은 이것들이 진리가 아니므로 필연적으로 불가해하기 때문이다.

생각하는 존재는 누구나 사유적 삶의 어느 찬란한 순간에 자신의 영혼보다 거대한 것이 틀림없이 존재한다는 사실을 이해하려는, 또는 믿으려는 헛된 노력의 파도에 휩싸인 적이 있다. 어느 누구의 영혼도 자신이 다른 영혼보다 열등하다고 느끼는 것이 도무지 불가능하다는 사실, 그런 생각에 대한 격렬하고 압도적인 불만과 거부감 — 이런 것들은 완벽을 향한 보편적 열망과 더불어 정신적인 것이 물질적인 것과 일치하는 것에 불과하며, 태초의 합일을 향해 분투한다 — 또한 적어도 내가 보기엔 인간이 입증이라고 이름 붙이는 것을 훨씬 뛰어넘어, 어떤 영혼도 다른 영혼보다 열등하지 않다는 것 — 그 무엇도 어떤 영혼보다 우월하지 않으며 그럴 수도 없다는 것 — 각 영혼은 어느 정도로는 자신의 신 — 자신의 창조주라는 것 — 한마디로 — 신 — 물질적인 동시에 정신적인 신 — 은 지금 오로지 우주의 확산한 물질과 정신에만 존재한다는 것, 그리고 이 확산한 물질과 정신이 다시 합쳐지는 것은 순수하게 정신적인 것과 개별적 신의 재구성에 불과하리라는 것 — 을 입증하는 증거다.

이 견해에서, 또한 이 견해에서만 우리는 거룩한 불의의—무정한 운명의—수수께끼를 이해할 수 있다. 이 견해에서만 악의 존재가 납득할 수 있는 것이 되는데, 하지만 이 견해에서는 그 이상이—견딜 수 있는 것이—된다. 우리의 영혼은 더는 우리가 스스로에게 가한 슬픔에 저항하지 않고, 자신의 기쁨을 확대하려는 바람으로—그것이 헛된 바람일지라도—스스로의 목적을 증진하고자 한다.

나는 어릴 적 우리를 쫓아다니던 기억에 대해 이야기했다. 이 기억들은 심지어 성년이 되어서도 우리를 따라다니며—점차 형체가 뚜렷해져—이따금 우리에게 낮은 목소리로 이렇게 말한다.

"오래전 암흑 시대에, 지금도 존재하는 존재—절대적으로 무한한 공간의 절대적으로 무한한 영역에 거주하는 절대적으로 무한한 수의 비슷한 존재들 중 하나—가 존재했던 시기가 있었다.[85] 자기 존재의 기쁨을 실제로 증대시켜 확장하는 것은 이 존재의 능력 안에 있지 않았고 지금도 있지 않지만, 자신의 쾌락을 확장하거나 집중하는 것은(행복의 절대량은 언제나 똑같지만) 당신의 능력 안에 있듯 이와 비슷한 능력이 이 거룩한 존재에게 속했고 지금도 속하는바, 그는 이렇듯 집중된 자아와 거의 무한한 자기확산의 끊임없는

85 [원주] 126~127쪽—"내 대답은, '권리'란 이런 경우에"로 시작하여 "따로, 독립적으로 존재한다"로 끝나는 문단—을 보라.

변동을 영원토록 겪는다. 당신이 우주라고 부르는 것은 그가 현재 확장적으로 존재하는 것에 지나지 않는다. 그는 지금 무한한 불완전한 쾌락들 — 그의 피조물이라고 지칭되지만 실은 그 자신의 무한한 개별화에 불과한, 상상할 수 없을 만큼 무수한 존재들의 부분적이고 고통과 얽힌 쾌락들 — 을 통해 자신의 삶을 느낀다. 이 모든 피조물은 — 당신이 유정물로 일컫는 것과 자신의 눈에 그 생명 현상이 보이지 않는다는 이유만으로 당신이 생명을 인정하지 않는 — 이 모든 피조물은 정도가 크건 작건 쾌락과 고통을 느낄 수 있지만 — 그들이 느끼는 감각의 총합은 그것이 거룩한 존재에게 집중되었을 때 그분 자신에게 마땅히 속하는 행복의 양과 정확히 일치한다. 또한 이 피조물들은 모두 다소간 의식을 가진 지성체로, 이들은 첫째, 제 나름의 정체성을 의식하며, 둘째, 어렴풋한 곁눈질을 통해 우리가 말하는 거룩한 존재와의 일체감을 — 하느님과의 일체감을 — 의식한다. 이 두 부류의 의식에 대해 이 무수한 개별적 지성이 — 밝은 별들이 하나로 섞일 때 — 하나로 섞이기까지 기나긴 억겁이 이어지는 동안, 전자의 의식(정체성)이 약해지고 후자의 의식(일체감)이 강해진다고 상상해보라. 개별적 정체성의 감각이 점차 총체적 의식 속에 합쳐질 것이라고 생각해보라 — 이를테면 인간이 스스로를 인간으로 느끼는 것을 시나브로 그만두고, 마침내 자신의 존재가 곧 여호와의 존재임을 인식하게 될 어마어마한 승리의 시대에 도달할 것이라고 생각해보라. 그동안 모든 것이 생명 — 생명 — 작은 것이 큰 것 속에 들어 있고, 모든 것이 거룩한 정신 속에 들어 있는 — 생명 속 생명임을 명심하라."[86]

86 [원주] 우리가 개별적 정체성을 잃게 되리라 생각하면 고통스럽겠지만, 위에서 설명한 과정은 각 개별적 지성이 나머지 모든 지성을(즉, 우주를) 자신 속에 흡수하는 것 그 이상도 이하도 아님을 성찰하면 그 고통은 단번에 사라진다. 하느님이 만유의 주로서 만유 안에 계시려면 각자가 하느님이 되어야 한다.

옮긴이의 말

우주라는 사건

> 별을 슬쩍 보면, 그러니까 (안쪽보다 희미한 빛을 더 잘 감지하는) **망막** 바깥 부분을 별 방향으로 향하게 해서 곁눈질하면 별을 더 또렷하게 볼수 있고 별빛도 가장 잘 감상할 수 있어. 별빛을 **똑바로** 바라볼수록 더 어두워지거든. 눈에 들어오는 빛의 양은 사실 똑바로 볼 때가 더 많지만, 더 제대로 이해할 수 있는 것은 곁눈질로 봤을 때야.[1]

이 책을 펼쳐 앞부분 몇 페이지를 읽다 말고 얼떨떨한 표정으로 책장을 휘리릭 넘겨 이 '옮긴이의 말'로 건너뛴 사람은 당신만이 아니다. 그 심정 충분히 이해한다. 영어판을 처음 받아들었을 때 나 또한 그랬으니까. 문해력이 아무리 뛰어나더라도, 과학적 지식이 아무리 풍부하더라도, 인내심이 아무

1 《모르그 가의 살인》, 27쪽.

리 강하더라도 이 책을 생짜로 읽어내는 것은 쉬운 일이 아니다. 안 그랬다면 에드거 앨런 포의 이 걸작이 지금까지 국내에 번역되지 않았을 리 없을 테니까.

1847년 사랑하는 아내 버지니아 클렘이 폐결핵으로 세상을 떠나자 포는 실의에 빠졌다. 삶에 대한 의욕을 잃었으며 글도 쓸 수 없었다. 그에게 남은 유일한 희망은 오래전부터 준비하던 문예지 《스타일러스》를 창간하는 것이었다. 그는 창간 자금을 모으기 위해 1848년 2월 3일 뉴욕의 소사이어티 도서관에서 〈우주의 구조에 대하여〉라는 제목의 강연을 했으며 7월에 이를 책으로 엮어냈다.

에드거 앨런 포는 시인이자 소설가로 널리 알려져 있지만, 과학 분야에서도 남다른 지식을 자랑했다. 잡지 편집장으로 일하던 시절에는 지면을 미처 채우지 못했을 때마다 최신의 과학적 발견을 소개하고 원리를 설명했다. 포가 살았던 빅토리아 시대에는 과학이 아직 신사의 취미였다. 비록 관찰이나 실험을 직접 하지는 않았어도 포는 당대 과학자들의 저작들을 탐독하며 최신 과학 조류에 정통했을 것이다.

포는 《유레카》에 대해 대단한 자신감을 품었다. 친구에게 쓴 편지에서 "내가 제기하는 내용이 (때가 되면) 물리학과 형이상학의 세계를 혁명적으로 변화시킬 것이네"라고 말했으며,[2] "뉴턴의 중력 발견은 이 책에서 밝힌 발견들에 비하면 한낱 사건에 불과하다"고 선언했다.[3] 하지만 《유레카》는 단 500부만 발행되었으며 — 포가 이 책으로 벌어들인 금액은 선인세 14달러뿐이었다고 한다 — 문학 평론가에게도 과학자에게도 진가를 인정받지 못했다. 문학 평론가가 이해하기에는 너무나 과학적, 논리적이었고 과학자가 납득하기에는 너무나 사변적이었다. 그럼에도 후대의 일부 독자들은 《유레카》에 열광했으며, 이 책이 현대 과학의 많은 발견들을 예견했다고 평가했다.

《유레카》는 현대 과학의 9가지 발견을 예견했다고 평가받는다.[4] 첫 번째는 직관적 진리로서의 공리에 대한 부정이다. 연역법과 귀납법은 논리학의 기본적 방법론이자 과학적 탐구의 수단으로 인정받았다. 그중에서도 연역법은 절대적 진리인 공리를 바탕으로 완벽한 학문의 체계를 구축한다. 하지만 아인슈타인의 상대성 이론은 절대 시간과 절대 공간이라는 공리를 해체했고, 리만 가설은 유클리드 기하학의 공리를 뛰어넘었으며, 양자 역학은 슈뢰딩거의 고양이에서 보듯 모순율의 공리를 논파했다. "밀 씨는 이렇게 단언해요. '나무는 나무이거나 나무가 아니거나 둘 중 하나여야 한다.'

2 폴 콜린스, 《에드거 앨런 포: 삶이라는 열병》(역사비평, 2020), 147쪽.

3 David N. Stamos, 《에드거 앨런 포, 유레카 그리고 과학적 상상력*Edgar Allan Poe, Eureka, and Scientific Imagination*》(State University of New York Press, 2017), 406쪽.

4 같은 책, 185~237쪽.

좋아요, 좋다고요—이제 그에게 묻겠어요. 왜냐고 말이에요."(24쪽)

두 번째는 빅뱅 우주론이다. 포는 아무것도 존재하지 않던 상태에서 물질이 생겨나는 현상을 이렇게 표현했다. "의지는 태초의 입자가 되어 창조의 행위를, 더 적절히 표현하자면 창조의 착상을 완성했다."(41쪽) 비록 시대적 한계로 인해 우주 창조가 신의 행위에서 시작되었다고 추론했지만, 포의 논증에서 신을 배제하면 우리는 시작과 끝이 있는 우주에 대한 구상을 접하게 된다. "[가장 숭고한 행위]로 인해 스스로 존재하시고 홀로 존재하시는 하느님께서, 만물이 하느님의 일부가 되는 동안 하느님의 결의를 통해 한꺼번에 만물이 되었다".(101쪽)

세 번째는 자연 법칙의 미세 조정이다. "**모든 자연 법칙이 모든 측면에서 나머지 모든 법칙에 의존하고** 모든 것이 거룩한 결의가 원초적으로 발휘된 결과에 지나지 않는다".(100쪽) 이것은 우주의 기본 법칙이 조금만 달라졌더라도 (인류는 고사하고) 지금의 우주조차 존재할 수 없었으리라는 '인류 원리'를 연상시킨다.

네 번째는 빅뱅 이전에는 물리 법칙이 존재하지 않았다는 주장이다. "우리는 통념적 사유를 과감히 뛰어넘어, 끌어당김 원리가 물질에 적용되는 것은 **일시적** 현상이며—즉, 확산하는 동안에만—하나로서 대신 여럿으로서 존재하는 동안에만 — 일어나며, 그것은 오로지 복사 상태 때문이요 — 한 마디로, 결코 물질 **자체**가 아니라 물질이 처한 **조건** 때문이라고 형이상학적으로 상상해야 한다."(156~157쪽)

다섯 번째는 올베르스 역설의 해답이다. 올베르스는 우주 공간이 무한하다면 어느 방향에든 별이 있을 것이기에 밤하늘이 대낮처럼 환해야 한다는 역설을 제기했다. 이에 대해 포는 한 가지 해답을 내놓는다. "이런 조건에서라면 무수한 방향에서 망원경에 관측되는 **허공**을 이해할 수 있는 유일한 방법은, 보이지 않는 배경이 하도 어마어마하게 멀어서 그곳에서 출발한 빛이 아직 우리에게 전혀 도달하지 못했다고 가정하는 것이다."(123쪽) 하지만 포는 여기서 한발 더 나아가 이를 토대로 우주의 유한성을 논증한다.

여섯 번째는 다중 우주론이다. 다섯 번째 예견에서 보듯 빛이 아직 우리에게 도달하지 못했을 만큼 멀리 떨어진 별우주가 존재할 수도 있지만 그 우주는 우리와 무관하며 별개의 조물주를 가졌으리라는 것이 포의 주장이다. "이 관측 가능한 우주는 — 이 무리의 무리는 — 무리의 무리의 **연쇄** 중 하나에 불과하[다]".(125쪽)

일곱 번째는 시간과 공간의 상호 의존성이다. "우리는 **공간과 시간이 하나**임을 뚜렷하고도 즉각적으로 인지할 수 있다."(143쪽) 이것은 우주가 창조되어 지금의 공간으로 확산하기 위해서는 그만큼의 시간이 필요했으리라는 논리다.

여덟 번째는 물질과 에너지의 등가성이다. 포는 끌어당김과 밀어냄의 두 힘이 곧 물질이라고 말한다. "물질은 끌어당김과 밀어냄으로만 **존재**[한다]".(50쪽)

아홉 번째는 물질적 에테르가 존재하지 않는다는 것이다. 포의 시대에는 혜성이 태양에 끌려들어가면서 궤도가 축소되는 현상을 에테르로 설명했으나, 포는 에테르 없이도 이 현상을 설명할 수 있다고 말한다. "에테르가 가정된 것은 혜성의 궤도가 축소되는 관측 결과를 설명할 **그 밖의** 방법을 하나도 발견할 수 없었다는 가장 비논리적인 근거에서였으니 — 이것은 마치 그 밖의 설명 방법을 아무것도 **발견**할 수 없었다고 해서 그 밖의 어떤 설명 방법도, 어떤 측면에서도 존재하지 않는다고 결론 내리는 셈이었다."(159쪽)

포는 자신이 과학적 진리를 발견했다고 믿었을 것이며, 그의 여러 주장에 일리가 있는 것은 사실이다. 하지만 현대 과학의 성과에 친숙한 독자는 《유레카》의 옥에 티가 거슬려 읽기가 고역일 것이다. 그럴 땐 지금 170년도 더 지난 과학책을 읽고 있다는 사실을 상기하기 바란다. 그러면 조금 너그러워질 수 있을 것이다.

포는 시 〈까마귀〉의 창작 과정을 밝힌 글 〈작법의 철학〉에서 "플롯이라는 이름에 값하는 모든 플롯은 모름지기 작가가 펜을 들어 작업에 들어가기 전에 이미 대단원까지가 정교하게 기획되어 있어야 한다는 것만큼 분명한 것도 없다"라고 말했다.[5] 뮤즈가 영감을 가져다주길 하염없이 기다리는 작가나 내일 벌어질 사건조차 알지 못하는 연재소설 작가라면 공감하지 못하겠지만 포는 자신의 작법을 우리가 상상할 수 있는 가장 큰 규모의 창작에 대입하기에 이른다. 그것은 우주의 창조다.

추리 소설이라는 장르를 개척한 포에게 우주의 존재는 뒤팽 같은 분석적 정신의 소유자가 해결해야 할 또 하나의 해결해야 할 사건이었는지도 모르겠다. 범죄 사건을 해결할 때와 마찬가지로 우주의 창조와 소멸이라는 사건을 해결하려면 전체를 한눈에 보아야 한다. "에트나산 꼭대기에서 느긋하게 주위를 둘러볼 때 무엇보다 감동적인 것은 풍경의 **규모와 다채로움**이다. 그 장엄한 전경全景을 **하나**로서 파악하려면 발뒤꿈치를 축으로 빙글빙글 도는 수밖에 없다."(12쪽) 낱낱의 요소들이 가지는 개별적 의미가 아니라 모든 것이 어우러진 풍경을 총체적으로 인식하여 단번에 얻는 깨달음은 아래에서 보듯 그의 문학관과 밀접한 관계가 있다.

정교한 플롯은 사건들이 완벽하게 맞물려야 한다. 어느 것 하나 인위적으로 덧붙인 것처럼 보여서는 안 된다. "허구문학에서 **플롯**을 창조할 때 우리는 사건들을 배치하면서 어

5 에드거 앨런 포, 〈작법의 철학〉, 《글쓰기의 철학》(시공 에드거 앨런 포 전집 5), 손나리 옮김(시공사, 2019), 8쪽.

느 사건에 대해서도 그것이 다른 것에 의존하는지 그것을 떠받치는지 판단할 수 없도록 하는 것을 목표로 삼아야 한다."(146쪽) 하지만 인간이 만든 어떤 플롯도 완벽할 수는 없다. 우리의 유한한 지성으로는 모든 사건의 관계를 무한히 고려할 수 없기 때문이다. 그런데 만일 우주가 한 편의 시라면 어떨까? 전지전능한 신이 플롯을 구성했다면? "신의 플롯은 완벽하다. 우주는 신의 플롯이다."(146쪽)

작가가 펜을 들어 백지에 글을 써내려가듯 조물주도 무無의 공간에 물질을 창조했다. 그렇다면 작가의 머릿속에서 "대단원까지가 정교하게 기획되어 있"었듯 신도 우주를 창조하는 순간부터 대단원, 즉 대파국, 또는 우주의 종말을 염두에 두었으리라고 생각할 수밖에 없다. 포가 독창적인 과학적 발견을 하게 된 비결은 상상력이며, 그 상상력은 무엇보다 문학적 상상력이었을 것이다.

'하느님께서 창조한 세상에 왜 악이 존재하는가?'라는 물음은 예부터 신학자들의 골머리를 썩인 수수께끼였다. 우리는 왜 질병, 전쟁, 죽음 같은 불행을 겪어야 하는가? 한 해 전 아내 버지니아를 병으로 잃은 포에게는 이 물음이 더욱 절실히 사무쳤을 것이다. 그렇다면 《유레카》는 사별의 고통에 대한 포 나름의 대응이었는지도 모른다.

우주가 태초의 입자에서 시작되었는데, 그 하나가 무수한 많음으로 나뉨으로써 비로소 개체가 탄생했고 그 같음이 무수한 다름으로 나뉨으로써 비로소 관계가 생겨났으며 무연의 옳음이 무수한 관계들의 그름으로 나뉨으로써 비로소 세상에 악이 존재하게 되었다. 하지만 만물이 하나에서 비롯했다는 사실은 개개인의 고통과 행복이 언젠가 하나로 뭉뚱그려져 상쇄되리라는 것을 의미한다.

신의 거룩한 정신이 만물의 근원이라면 한 사람 한 사람은 신의 조각인 셈이다. 우리는 완전함을 간직한 불완전한 존재이며 언젠가는 다시 완전해질 것이다. 무에서 유를 창조했다 다시 무로 돌아가는 우주적 순환은 심장의 고동처럼 반복된다. "거룩한 심장이 고동칠 때마다 새로운 우주가 부풀어 올라 존재했다가, 무無로 짜부라질 것이[다.] (…) 이 거룩한 심장은 — 과연 무엇일까? 그것은 우리 자신의 심장이다." (168쪽)

우리가 조물주의 일부이고 나의 고통이 언젠가 타인의 행복과 하나로 어우러지리라 생각하면 어떤 고통도 이겨낼 수 있을 것이다. 정신 승리에 불과하지 않으냐고? 포는 자신의 주장이 진리라고 단언한다. "내가 여기서 제기하는 주장은 참된 것이다. 따라서 죽을 수 없으며 — 설령 짓밟혀 죽더라도, '부활하여 영생을 누릴' 것이다."(9쪽)

지구상의 뭇 생명을 고통에 빠뜨린 인류가 급기야 스스로의 몰락을 재촉하는 지금, 우리는 멸종의 두려움에 떨고 있다. 200만 년 전 시작된 호모속*Homo* 실험은 실패로 돌아갈 것처럼 보인다. 하지만 우주의 창조와 소멸, 그 순환을 생각하면 이 실험은 언젠가 다시 되풀이될 것이고 먼 훗날 찬란한 결실을 맺을지도 모른다.

지금 심장의 고동이 느껴진다면 가만히 귀를 기울여보라. 우주적 순환의 거룩한 심장이 뛰고 있는 소리인지도 모르니까.

덧붙임

줄표에 대해 밝혀둘 것이 있다. 한국어에서 줄표의 용법은 "제목 다음에 표시하는 부제의 앞뒤에 쓰"는 것으로 한정되어 있지만,[6] 영어에서는 앞의 말을 부연 설명하는 용도로 널리 쓰인다(내가 애용하는 용법이기도 하다). 그런데 이 책에서는 줄표가 이 용법뿐 아니라 단순한 나열의 수단으로도 쓰인다. 그것은 《유레카》가 본디 강연 원고를 단행본으로 엮은 것이기 때문이다. 이 두 가지 용법은 읽는 순서가 다른데, 전자(부연 설명의 줄표)는 줄표 안의 내용을 읽은 뒤에 줄표 앞으로 돌아갔다가 다음 내용으로 넘어가는 반면에

6 문화체육관광부 고시 제2017-12호 〈한글 맞춤법〉 부록 제15항.

후자(나열의 줄표)는 줄표 안의 내용을 읽은 뒤에 곧장 다음 내용으로 넘어간다. 영어판에는 두 용법을 구분할 명시적 장치가 없기에 독자는 문장의 의미를 감안하여 암묵적으로 판단하는 수밖에 없지만, 한국어판에서는 줄표 뒤에 조사가 올 경우 전자에서는 줄표 앞의 체언과 호응시키고 후자에서는 줄표 안의 마지막 체언과 호응시켜 구분했다. 이를테면 47쪽 "나는 밀어냄의 설계 — 밀어냄이 존재해야 할 필요성 — 를 밝히고자 했으나"라는 구절에서 목적격 조사 '을/를'은 '필요성'이 아니라 '설계'와 호응하므로 이것은 부연 설명임을 알 수 있는 반면에 65쪽 "확산 — 흩어짐 — 한마디로 복사 — 는 거리의 제곱에 정비례한다고 말할 수 있다"라는 구절에서 보조사 '은/는'은 '확산'이 아니라 '복사'와 호응하므로 이것은 나열임을 알 수 있다. (실은 세 번째 용법이 있는데, 그것은 문장이나 절, 구 사이에 무의미하게 삽입된 군더더기로, 읽어보면 한눈에 알 수 있을 것이다.)

2021년 12월

노승영